みんな一緒にバギーに乗って

川端裕人
kawabata hiroto

光文社

みんな一緒にバギーに乗って

装幀　川上成夫
装画　松林　誠

目次

1 光の中のお散歩　5

2 めだかの学校　9

3 コロチュ　47

4 ナウなヤングの王子ちゃま　81

5 蟬の鳴く屋敷林で　117

6 ハチオオカミはふーっと吹く　121

7 妖精の棲む小さなおうち　139

8 元気せんせい　173

1. 光の中のお散歩

自然護岸の川に沿って、桜並木が続いている。

つい先日、はじめて訪れた時には、空を覆うような花吹雪が舞っていた。その面影は今はなく、かわりに新緑の初々しさが目に染みた。

子供たちの歓声が、あたりを満たしている。それだけで目の前の芝生広場が明るく輝いて見える。この仕事に就いてから間もないけれど、こういった時にふと感じる幸福感は格別だともう気づいている。

芝生と川に向かう斜面の境界にあるベンチに、男がひとり座っていた。小柄で頬がこけており、なのに目だけが大きくいきいきとしている。陽気の中、ネルシャツの袖をまくりあげ、さっきから子供たちの動きを目で追っていた。

おやっ、と思う。あの人、何者なんだろ。

しばらく見ていると、活発に走り回っている美月ちゃんと春菜ちゃんが、ちょうどベンチの前で立ち止まった。

ベンチの男が腰を浮かして、二人の前にしゃがみ込んだ。なにやら話しかけている。

二人は最初、きょとんとしていたけれど、すぐに笑顔になった。

男は立ち上がり、二人を順番に抱き上げて「たかいたかい」をした。

笑いが弾ける。

ほかの子供たちも集まって、男はすぐに囲まれてしまった。

男は手慣れていて、子供たちを上手にあしらっている。抱き上げる順番の毅然とした決め方、子供の様子を見ながら加減した揺らし方。柔らかな物腰で、痩せているのに力強く、そのくせ優しい。

子供たちが笑うから、空気がさらに輝きを増す。川面からの照り返しの光の中を小さな天使たちが跳びはねる。

思わず見とれてしまった。自分もあんなふうに子供をあしらえればいいのにと思う。

「田村さん、そろそろ帰ろうか」と同僚が言った。

そして、顎の先で男と子供たちの方を示した。

「子供たちを連れてきてもらえるかな」

言われるままに近づいて、少しためらいながら「さあ、みんなそろそろ帰るよー。お昼ご飯だよー」と呼びかけた。

子供たちは「ええーっ」と不満の声を出したあとで、すぐに「おひるごはーん」と歓声をあげた。みんな気持ちを切り替えて走り出す。

男と目が合った。

四十代くらいだろうか。平日の昼間の公園では、あまり見かけない年回りだ。こけた頬に加えて顔色も悪く、やはり目にやどる光だけが印象的だった。子供と遊んで息が弾んでおり、疲労困憊したようにベンチに座り込んだ。

そして、もう一度、こちらを見た。

「楽しんで、ますか」息を整えながら、男は言った。

口元からこぼれた歯は白く、顔色の悪さと似つかわしくなかった。

「いや、ぼくは、まだ……」

言葉を濁しているうちに、「田村さん、帰りましょう」と同僚の声が響いた。

まだ何かを言いたげな男を制して、子供たちの背中を追う。

「気をつけてね。あの人、ちょっと目が危なかったから……」

公園を出たところで、同僚が言った。子供たちを乗せた五人乗りのバギーを、それぞれ一台ずつ押している。

「ぼくは感じなかったですけど……」

「不審者、というか……そこまで行かなくても、なんかあやしいでしょう。男の人が昼間から公園で子供と遊んでるなんて、それだけでも普通じゃないし」

それって、ぼくも同じじゃないですか、と言いかけて、口ごもった。

「不審者の情報がとても多いので、困ってしまうわよね。うちのクラス、田村さんが男だから本当に助かるなあ。外に出ている時は、子供たちの中にいてくれるだけで安心感があるもの」

昼間から子供と遊ぶ男。

だから、あやしい。

だから、安心。

「そんなんじゃないです。ぼく、まだまだ怒られてばかりだし。それに、あの人って――」

不思議と子供がなついてましたよね。

言い終わるより前に対向車がやってきた。急いでバギーを路肩に寄せる。

子供たちがすれ違う車に手を振り、明るい歓声が湧き上がった。またも空気が輝いた気がして、この仕事っていいなあ、と思う。でも、帰ったらまた昼食からお昼寝にかけて、息もつけない忙しさが待っている。段取りを頭の中で組み立てようとするが、それだけで頭がはち切れそうになる。川縁の光の中、不思議な男と子供たちに見入ってしまった一瞬のことを、竜太は、この時は忘れてしまった。

2.　めだかの学校

1

誰もいない朝のほふく室に足を踏み入れた時、竜太は大きく息を吸い込んだ。

区立桜川保育園の一歳児クラス、めだか組。職員の人数が少ない早番を任されるのは、新人の竜太にとってはじめての体験だ。

壁の時計は七時半をまわったところだった。最初の子供がやってくるまでにはまだ三十分ほどある。

〈早番は余裕を持って出勤すること。特にきみみたいな要領の悪いタイプは、時間の余裕を持たなければだめだ。それで、まず朝の遊びを組み立てな。段取りをイメージできてれば、いろんなことに対応しやすくなるから〉

クラスリーダーの大沢のハスキーな声が頭の中で響いた。きのう帰宅前に彼女は竜太に繰り返し、早番の心得を説いたのだ。

竜太は壁のロッカーから、絵本をいくつか見繕って床に積み重ねた。八時きっかりに登園してくるのは、たぶん一人か二人だから、ほかの保育者がやってくるまでは、絵本を読んで過ごせるだろう。絵本に興味を示してくれなかった場合の手当てとして、エプロンや三角巾がわりのハンカチも出しておく。「おままごと」はいつでも女の子に人気があるから。

ぴちゃ、と水が跳ねる音がして、竜太は体をその方向にめぐらせた。壁際の低いロッカーの上に、プラスチック水槽が載っている。顔を寄せると群れをなす小さな銀色の輝きが、いっせいに方向を変えて射し込んでいる朝の光を反射した。

去年、五歳児クラスのひまわり組さんたちが、桜川のほとりの親水公園で、網を使って掬ってきたものだという。「めだかだから、めだか組さんへ」という単純な発想でこの場所に落ち着いた。一度、数を数えてみたら、全部で二十二匹いた。大沢は「きみ、よくもまあ、そんな暇なことするよね」と呆れていたが、その後で、「そうか、これはめだか組のめだかの学校なんだねぇ」とつぶやいた。一歳児クラスはぜんぶで十八人の所帯だ。担任の保育士四人を加えて、二十二人が「めだかの学校」のメンバーということになる。

しばらく、水槽の前でぼんやりしてしまい、気がつくともう八時直前だった。

階段の方から、母子の話し声が聞こえてきた。よいしょ、こらしょ、と声を出して上ってくるのは春菜ちゃんに違いない。

〈堂々と自信を持って預かるんだよ〉またも大沢の声が頭の中で反響した。〈きみが保育者として、まだ自信を持てないのは当然だけど、預けられる子供にしてみれば自信のない大人と一緒にいるのは不安なものなんだ。自分がプロだと自覚して、自信を持って子供を預かること〉

竜太は曖昧なため息をついた。自信がないと、子供に信頼されない。信頼されないと、自信がなくなる。でもそこから抜け出すのはそんなに簡単なことじゃない。さいわい春菜ちゃんは、言葉もかなり出るし、感情も安定している方だ。竜太としても、それほど心配しなくても相手ができる子供だった。

「おはようございます」と春菜ちゃんママが大きな声を出した。

「おはようございます春菜ちゃん、おはよー、変わったことありませんか」

竜太は笑顔を作りながら、視線を母子の間で往復させた。心の中で、自信、自信、とつぶやきながら。

春菜ちゃんママの顔に、小さな驚きが張り付いていた。その表情をほんの数秒で押し殺し、

「変わりありません、元気です」と言う。それでも、竜太の目には訝しげな彼女の顔が焼き付いた。

「春菜ちゃん、おはよー」と両手を広げて抱きかかえる。ぱっと見たところ異状なし。鼻水も出ていないし、動きもいきいきしている。でも、春菜ちゃんが腕の中で少しもじもじするのに気づいた。ママがロッカーからおむつや衣類を取り出し、ほふく室の入口に作ってある着替えの仕切箱に手早く収めていくのをずっと目で追っている。

「絵本読もうか。どれがいいかなあ」

話しかけても、乗ってきてくれない。

「じゃ、ママにバイバイしてからにする?」

いつになく不安げで、ママが階段を下りていくのを見届けると、唐突に泣き出した。

「どうしたの、春菜ちゃん。お歌、歌おっか」

抱き上げて背中をとんとんする。でも、一向に泣きやまない。そうこうするうちに次の子がやってくる。

タカちゃんは、自分の直接の担当児だ。でも、まだ心を開いてくれていない。

竜太は春菜ちゃんを抱いたまま、もう片方の腕でタカちゃんを受け止めた。

「……だいじょうぶですか」

タカちゃんママが心配そうに眉をひそめるのを竜太は見た。と同時に、春菜ちゃんにつられて、タカちゃんが泣き始める。

「だいじょうぶです」

自分でも笑顔が引きつるのが分かった。

タカちゃんママは、何か言いたげに口をすぼめながらも、相当急いでいるらしく、あたふたと立ち去った。

竜太は泣きやまない二人を揺らしながら部屋をぐるぐる歩き続ける。これで三人目が来たらどうなっちゃうんだろ。

よりによってこんな時に、普段はもっと遅い登園のはずの優花ちゃんがやってきた。優花ちゃんママは、いつも朝カリカリしていて、竜太は苦手だ。優花ちゃんは今、オトモダチにすぐ嚙みついてしまったりしてトラブルの中心にいることが多いのだけど、逆に優花ちゃんがほかのオトモダチに怪我をさせられたりすると、それがほんのかすり傷でも強く抗議してくる。

涙顔の子供を二人、両腕に抱えた竜太の姿を見て、優花ちゃんママは口を半開きにしたまま顔を引きつらせた。

「おはようございます。優花ちゃんおはよう」

精一杯爽やかな自分の声が、ひどく歪んで聞こえた。優花ちゃんママが目尻を上げて、何かを言おうと口を開きかける。

その時、彼女の背後から、少しざらついた高い声が響いた。

「あらあら、どうした。みんな泣いてるじゃない。よしよし、春菜ちゃん、せんせが抱っこしよっか」

春菜ちゃんが助けを求めるように身をよじり、大沢の腕に移っていった。

大沢は女性としてはかなり大柄で、身のこなしも力強い。春菜ちゃんをしっかり抱き留めながら、「ほら、自信でしょ、自信」と竜太の耳元で囁いた。

竜太はその場でしゃがみ込みたくなった。

ほっとしたというか、情けないというか。

大沢は、竜太のことが気になっていつもよりも早く出勤してきてくれたのだ。

優花ちゃんの引き受けも彼女に任せ、竜太はほふく室に引き籠もった。タカちゃんを抱っこしたまま、「めだか見よっか」と誘う。それだけで、タカちゃんは泣きやんだ。

タカちゃんはもともと感情の起伏が大きくない。ほかの子に引き込まれたりしない限り泣くことはほとんどないし、逆に笑うことも少ない。一人遊びが好きで、まだめだか組の輪の中に入れずにいる感が強かった。そんな彼のお気に入りのひとつが、このめだかなのだ。水槽に顔を近づけてやると、飽きずにずっと眺めている。

「めだかちっちゃいねぇ、タカちゃんみたいだねぇ」

そう言っても、聞いているのかいないのか、表情に変化があらわれない。

廊下では、二人の子供を抱えた大沢が、深刻そうな顔をした優花ちゃんママと立ったまま話しているのが見えた。とはいえ出勤前の時間帯だから、すぐに会話は終わって大沢もほふく室に入ってきた。

腕の中の春菜ちゃんは笑顔に戻っている。すぐに床に降りて、優花ちゃんとままごとを始めた。木製のナイフで、マジックテープでくっついたにんじんやりんごを切って互いに渡しては、「どうぞ」「ありがと」を繰り返す。ほんの五分前には修羅場だったのに、柔らかな光に包まれた穏やかな朝の光景に変わっている。

竜太はこの日何度目かのため息をついた。なんでぼくにはこんなふうにできないのだろう。実力不足、経験不足、いろんなものが足りない。

八時半を過ぎると登園する子が数珠つながりに続いて、落ち込んでもいられなくなる。

とりあえず大きな遊びを設定しておく必要があるので、ほふく室に隣接する午睡室に巧技台で一本橋を作った。すぐに春菜ちゃんをはじめ活発な子供たちが集まってきた。「ジャンプー！」と叫びながら、元気よく一本橋から飛び降りる。

やがて、通常番の久保と遅番の渡嘉敷がそれぞれ出勤してきて保育に入った。ここまでくると人の手が足りるから、竜太にもやっと余裕ができた。

「優花ちゃんママ、何か言ってました？」

竜太は大沢に恐る恐る聞いた。

「いろいろと、ね。まあ、一応ぜんぶ聞いておいた。たしかに、きみがいずれ直面しなきゃならないことではあるから、説明してもいいけど」

大沢が鋭い目つきでまっすぐ見るから。竜太は射すくめられたようになる。

「今、すべき話題じゃないかもね。目の前の子供に集中しなさい。それが一番大事なことなんだ」

大沢は竜太から視線を外した途端に、柔和な笑顔を浮かべた。

「みんなあ、お散歩に行こうかぁ」

たぶん「お散歩」というのは、保育園では魔法の言葉だ。ましてや大沢がそれを口にすると、部屋の雰囲気がさあっと変わる。子供たちが「はぁい」と手を上げながら、大沢の足もとに集まってきた。

「きみは、きょうは留守番。タカちゃん含めて八人、置いていくから、トカ先生と二人で面倒を見て」

「きょうはどこですか」

「屋敷林。新緑がきれいだからね、みんないくよぉ」

子供たちが、ペンギンのようなよちよち歩きで、いっせいに廊下へと向かう。一番前を歩く大沢、その指をつかんで五人の子供が一緒に歩いていく。続いて非常勤の三田が一人を背負い、一人の手を引く。さらに久保が、残りの子供と「あるこー、あるこー」と歌いながらついていく。なんとも楽しげな、光景だった。水槽の中のめだかのことを、竜太は連想した。統率がとれていて、いきいきとしていて、それで、きらきら美しい。

自分がなにか仲間はずれのような気分になる。言葉のきつい大沢に、先日、「きみは向いてない」と言われたのを思い出した。

トンと、背中を叩かれた。

「まあ、のんびりやりましょうよ」と渡嘉敷が言う。「大沢せんせは、田村さんにとても期待してるんですよ」

「まさか。ぼくは叱られてばっかりだし」

竜太はますます落ち込んで肩を落とした。

2

竜太はこの四月一日、桜川保育園に保育士として着任した。朝、区役所で辞令を受け取って、その足で園に向かい、一緒に配属された他の二人の新人とともに園長の訓辞を受けた。

「今年は面白いことになるわね」と園長は言った。「三人の新人のうち、二人が男性。まあ、そういう年があってもいいでしょう」

その時点では、竜太は保育士であり、かつ男性であることが、それほど特別なことだとは意識していなかった。同じく新人で隣のひよこ組に配属された秋月康平が、「パイオニアの自覚を持ってがんばります」などと言うのもまったくピンと来なかった。区内ではすでに十人以上の男性保育士が採用されているし、中には勤続二十年近いベテランだっている。

だが、職員事務室から出て、持ち場である二階の乳児クラスへ向かう途中で、竜太は自分たち二人が注目を浴びていることを意識せざるをえなかった。先輩にあたる保育士たちがこちらを盗み見るような素振りを見せ、子供たちは荒っぽく体当たりを食らわせてくる。さっそく「田村先生！」「秋月先生！」と名前を呼ばれ、もみくちゃにされた。自分がここでは奇妙で目立つ存在なのだとはじめて感じた瞬間だった。

その感覚はめだか組で通常勤務に入ったとたんにさらに強くなった。一階の大きな子供たちと違って、一歳児の何人かは竜太が来たとたんに緊張して泣き出した。ショックだった。さらに、子供を引き取りに来た母親たちが、一様に不安げな視線を竜太によこす。「男の先生……なんですか」と一人の母親が大沢に漏らすのを、竜太は聞いた。

その夜、保育園の新人歓迎会が、近くの居酒屋で開かれた。竜太はめだか組の三人の先輩と同じテーブルについた。

「田村さんはぁ、どうして保育士になろうと思ったんですか」と最初に聞いてきたのは渡嘉敷尚代だった。「男の人の大卒で保育士というのはぁ、給料だってそんなによくないし、ご両親なんかは反対しませんでしたかぁ」

彼女は定年も近いベテランだが、でっぷりした体を揺らしながら竜太に対しても間延びしたですます調で話した。質問の内容が妙に無礼でも、不思議とそうは聞こえない。

「理由……ですか」

竜太は返答に詰まった。実はそのことについて考えたことがなかったからだ。

大学二年生の時、中学の同窓会で短大の保育科に通う元クラスメイトの女の子と話し、男でも「保育士資格」が取得できることを知った。その瞬間に、竜太の前に道が開けた。子供は昔から好きだったし、子供相手に仕事をする自分の姿は容易に想像できた。「理由」などと大上段に構えるまでもなく、保育の仕事をするのが自然に思えた。だから、勉強して資格を取り、さらに区の採用試験を受けた。ただそれだけのことだ。たしかに、親は最初、面食らったようだったけれど、大学の友人はみんな「いいんじゃない、おまえらしいよ」と言ってくれた。

でも、その理由をあらためて問い質されると、なんと言えばいいのか分からない。

「理由なんてどうでもいい。ここに来た以上、プロとして保育にあたってもらうんだから」

そう言ったのはクラスリーダーの大沢恵子だった。彼女はキャリア十五年の中堅で園長の信頼も厚い。ぶっきらぼうな話し方をするが、子供たちの前では常に明るく、元気な先生だ。

「でも、男の先生がいると、なにかと助かるわ」と久保佐智子。「力仕事や、高いところに手が届かない時とか、いろいろお願いできるし」

「ああ、そういうの、なんでもやらせてもらいます。力だけはけっこう自信がありますから」

竜太には久保の言葉が、救いのように聞こえた。はっきりした役割が少しでもある方が、気分として楽だった。

宴が進み、新人三人が自己紹介のスピーチをする段になっても、やはり竜太の考えはまとまらないままだった。最初にスピーチした女の子の同期が「好きだからこの仕事を選びました。昔、幼稚園の先生が好きで、大きくなったら幼稚園か保育園の先生になると決めていました」と言った直後、竜太はしどろもどろになって「男であるとか関係なく、がんばります」と続けるしかなかった。

一方、同じ男性である秋月は、かなりしっかりと自分の性を意識している。

「これからは、男性が育児にかかわるのがあたりまえの時代ですし、保育の現場に男がいないというのもまた別の意味で不自然なことになると思うんです。つまり、男にとっては保育の仕事って最前線、なんですよね。より豊かな社会のために、最前線で革命を起こすのも悪くないかなと思って、この仕事を選びました」

秋月は竜太よりもずっと背が高く、実に見栄えがする男だった。話し方にも自信が溢れていて、テレビの「青年の主張」を聞くみたいに爽やかだった。

「はぁ」と渡嘉敷がため息をついた。「秋月さんはよく考えてますねぇ。あたしなんか、古い保母だから、なんともわからないですが」

「豊かな社会にするために、なんて考えたことないなあ。目の前の子のことでいつも目一杯」と久保が応じた。

「そうですねぇ……それにしても、あたしはこれまで、一度も男の保母さんと仕事をしたことがないんですよ」

「トカ先生、男の保母さんって、なんか変な言い方じゃないですか」

「ああ、そうですねぇ。男性保育士って言えばいいんですか。でも、あたしにはピンと来ないんですよ。あたしが若い頃なんかは、保育所は、母子家庭とかのかわいそうな子供が来ることが多くて、保母さんたちも、お母さんの代わりになってあげる役だから、男性の場合は保父さんってよく呼ばれたんですよ。みんな家庭の代わり、みたいな雰囲気で仕事してたもんです。男の保育士さんは、お父さん役とは違うんですかね……」

渡嘉敷がいつのまにか、竜太を見ていた。でも、竜太は質問の意味さえ分からずにただうつむくばかりだった。

「田村さん、比べられちゃいますねぇ」と渡嘉敷が言って含み笑いをした。

「そうですねぇ」と久保。

要は竜太が、秋月に比べてぱっとしない、と言われているのだ。

「まあ、口がよく動くことと保育の良し悪しは別だからね」と大沢がさばさばした口調で言った。

慰めてくれたのかと思うと、すぐに続ける。

「きょう、一緒に動いてみて思ったんだが、問題はむしろ、きみがぼんやりして、気働きができるタイプじゃないことだと思う。早く場慣れして、余裕を持てるようになんなきゃ。これは男でも女でも関係ないことだよ。でも、そのうち分かってくると思うけど、きみには二重のハンデがあるかもしれない。明日から、何週間か、相当きついよ。覚悟しておきなさい」

大沢は酒のかなりまわった座った目で、竜太のことを射るのだった。

帰宅後、シャワーを浴びた後で、自分の裸身を鏡に映した。

身長は普通だが、全身に分厚い筋肉が発達している。学生時代を通じてまともに体を鍛えたことはないくせに、竜太は無意味にマッチョ体型だった。顔もエラの張ったいかつい作りで、なんとなく体育会系だ。そのせいか格闘技やアメフトの部員にと勧誘されたことが何度もある。めだか組の子供たちが怖がるのも無理はない。大沢の言う「ハンデ」のひとつは、きっとこのことなのだ。「相当きつい」明日からの日々を想像する元気もなく、竜太はベッドに倒れ込んだ。

秋月とはたった二人の男性職員として、どうしてもロッカールームで顔を合わせる。

桜川保育園には、二人が来るまで男性用のロッカールームがなかった。だから、急遽、物置部屋の一部を整頓して、ロッカーを置き、そこが「男子更衣室」と呼ばれるようになった。

「ぼくたちで、状況を変えていかなきゃならない」四月二日の朝、彼は竜太に向かって強調した。「空調もない物置の片隅で着替えろなんて、これは一種の男女差別なわけじゃないか。ぼくらが保育士になるのも、社会的に男女が同じ立場で育児にかかわることの一環だ。ぼくたちは色々な意味で、大切な場所に立っているんだ。なにしろ最前線、なんだからね」

竜太は秋月の言葉に相づちを打ちながら聞いていた。至極もっともなのだが、そこまで考えたことはなかった。秋月のことがひどく眩しく思えた。

もっとも、秋月がそんな理想をぶち上げられたのは、最初の朝だけだった。

新人保育士には、仕事以外のことを考える余裕などない。

担任の数が多く、至らない新人をカヴァーできるという意味で乳児クラスに割り振られているわけだが、それにしても、ただ足を引っ張るばかりだ。

なにしろ、子供たちは新人保育士を信頼しないのだ。男であることが関係あるのかは分からないが、とにかく、彼らは新人が「先生」の中でも一番下の地位にあることを敏感に察知していて、どことなく舐めた態度に出る。

竜太はつい抱っこでぐるぐるしたり、両腕に子供をぶら下げたり、力を使う遊びでアピールしてしまいがちだった。でも、一歳から二歳の子供たちにとって、あまり荒っぽいのは問題だし、それ以上に、そのやり方だと一度に一人か二人の子供しか相手にできない。エンターテイナーぶりを発揮し、歌やダンスで常に子供たちの注目を集めることができる大沢、ただ座っているだけで子供たちが集まってきて思い思いの遊びを穏やかに展開させられる久保、独特の間延びした雰囲気で頼りなげに見えて実はマイペースで着々と仕事をこなす渡嘉敷のことを見ていると、竜太は自分がどうしようもないほど「素人」であることを自覚せざるをえなかった。

子供の扱いだけでなく、竜太は様々な雑事の手際もどうしようもなく鈍かった。おむつを取り替えたり、おしっこを漏らしてしまった子供の服を着替えさせたり、この年齢の子供たちの保育は、脱いでは着せ、着せては脱がすことの繰り返しだ。昔、正職員として働いた経験がある非常勤の三田の方がよほど、的確に状況判断を下し、常に先を読んで動いていた。竜太にとって当面の「先生」は三田であるとさえ言えた。

下痢便を処理した後で、続けて別の子供のおむつを外そうとしてしまい、「田村先生、消毒を！」と指摘され、あわててアルコール殺菌する。九時半までには給食の数を確定して炊事さんに伝えなければならないのに、うっかり忘れ、かわりに連絡してもらってしまう。昼食後、パジャマに着替えさせなければならないのに、みんなまだ遊びたい気持ちだから、三田の手助けなしには一人としてまともに着替えさせられない……。気疲れだけでなく体力的にもきつく、昼食をとる余裕すらなかった。昼食はわずか五分で立ったまま食べ、ふと気づくと朝から一度もトイレにすら行かず八時間の勤務を終えている。

それでも仕事自体は終わらない。自転車で二十分ほどのアパートに帰る途中でコンビニ弁当を買い、それを急いで食べると、今度は個人日誌の記入や週の行動計画案など、園でできなかった書き仕事をやっつける。でも、大抵はその途中でテーブルに突っ伏したまま眠ってしまうのだ。朝起きると、体の節々が痛く、動くのが億劫になるほどだった。

こういったことは、秋月にしても同じだったはずだ。彼が担当するひよこ組は、生後半年から一年の乳児のクラスだから、子供との遊びという面では、めだか組ほど多様ではないにせよ、気を遣わなければならないことはさらに多い。物置ロッカールームで秋月と顔を合わせるたび、目の下の隈が濃くなり、日に日に疲労がたまっていくのが分かった。

二週間ほど経つと、秋月がまた竜太に話しかけてきた。

「ぼくは、これが天職なんだと分かったよ。やっと仕事の流れに慣れてきた。本当にやりがいがある。考えてみれば、子育てっていう豊かな行為を、仕事を通じて幾通りも体験できるってことなんだ。こんな仕事を、やっぱり女たちに事実上独占させとく手はない」

秋月の顔つきは相変わらず疲れた様子だったが、それはあくまで体力的なもので、精神的な充実が目に力を与えていた。

以来、秋月は吹っ切れたように颯爽とし、時々垣間見るひよこ組でも、もう何年も同じ仕事をしているかのようにきびきびしていた。朝夕の親とのやりとりも、物怖じせずにうまくさばいている。

「ま、きみはじっくり行くしかないねぇ」と大沢は言った。本当にその通りだった。

3

はじめての早番でつまずいて、その日は、リズムをつかめないまま時間が過ぎた。秋月が言うように「これは最前線の仕事なんだ」と自分に言い聞かせ、気分を盛り上げようとするのだが、気後れが勝ってどうにもならなかった。

こんな時は悪いことが起きる。渡嘉敷と二人で、室内遊びの子供たちの相手をしつつ、目の前で優花ちゃんとタカちゃんがトラブルを起こすのを防げなかった。タカちゃんは例によって、片隅で黙々とひとりで布絵本をめくっていたのだけれど、優花ちゃんがそれを取り上げた。タカちゃんは取り返そうとし、優花ちゃんの頬を引っ掻いてしまったのだ。痛い、というほどではなかったはずだが、優花ちゃんはきーっと声を出してタカちゃんの腕に嚙みついた。

注意深く二人の行動を見ていれば最初の段階で防げたものだ。タカちゃんの腕に残った赤い歯の跡と、静かな大粒の涙、さらには「怒られる」ことを予期した優花ちゃんの大泣きを前に、竜太はただおろおろするしかなかった。

十一時前には散歩隊が帰ってきて、外遊びの華やぎと興奮を部屋にまき散らした。それをうまく吸収して、落ち着かせ、給食に移行しなければならない。めだか組の場合、四月生まれで二歳になったばかりの子と、三月生まれで一歳になって間もない子では、倍近く月齢が違うので、子供によって生理的なリズムがバラバラだ。月齢の小さな子供には早めに食べさせないと空腹のまま眠ってしまうこともある。だからこそ手際が大事なのに、竜太はタカちゃんと優花ちゃんの一件で時間を使ってしまい、そのことを忘れてしまっていた。大沢が子供たちを集めて手遊びをしたり、歌を歌ったりして、なんとか場を持たせ、竜太がテーブルを整えるのを待ってくれた。

食事を介助する間も、失敗が続いた。普段はお姉さんぶりを発揮する綾ちゃんが突然ミルクをわざと吹いたり、それにつられてひょうきん者の祐作くんが、ごはんとスープをまぜてスプーンで掬い、タカちゃんのミルクの中に「じゃーっ」と入れてしまったり。見かねた大沢が、自分のテーブルを三田に任せて、ヘルプに入ったほどだ。

途端にテーブルに秩序が戻り、全員が活発におしゃべりをしつつ、よく食べるようになった。それが魔法でもなんでもないことを竜太はもう知っている。それでも竜太には魔法も同然だ。

「まあ、こういう時もある。分かっただろ。気後れすると、子供はついてこないんだ」

手を動かしながら言う大沢の言葉はどことなく同情をはらんでいた。

「ほら、ぼーっとしてない、ちゃんと見てあげなきゃだめだって」

彼女が顎でしゃくった先には、タカちゃんがいた。

タカちゃんはぼんやりして、手も口もあまり動いていなかった。目の前にスプーンを持っていけば口を開けるが、咀嚼の動作も緩慢で、心ここにあらずだ。

「タカちゃん、オサカナ、食べよっか、ほら、おいしいねぇもぐもぐ、ごっくんしてね、うん、よくできたね。おっきくなるよー」

竜太の語りかけが聞こえているのかいないのか、タカちゃんはぼんやりしたまま口を動かし続ける。手のかからない子供だが、外界に対して関心が薄いというか、存在そのものが薄いというか。クラスに馴染めない子というのはどんな時にもいるそうだけれど……。

タカちゃんが「もぐもぐ」しつつ、別の方向を見ていることに気づいた。

「どうしたの」と聞くと、右手をゆっくりあげて指さした。

その先には銀色の小さな輝きがあった。レースのカーテン越しに射し込んでいる光が、水槽の中で乱反射している。

「あ、オサカナ。めだか、好きなんだね、タカちゃん」

竜太の声に反応して、タカちゃんが、ほんの少しだけ笑った気がした。

あっ、心の中で小さな声をあげ、大沢に教えようと思った瞬間にはもう消えていた。

午睡に入った時点で、大沢が抜けた。区役所で開かれる異分野の交流会議に出席するためだ。非常勤の三田も午前中だけの契約なので、久保、渡嘉敷、竜太の三人が残された。

一日の仕事の流れの中で唯一、息を抜ける時間帯だ。とはいえ、子供が眠っている間にしかできない仕事をこの時にまとめてしてしまわなければならない。保護者との連絡ノートが最優先で、日誌や個人記録は残してしまったら自宅へ持ち帰り。それでも、まあ、保育士同士で会話をするくらいの余裕ならある。

「タカちゃんがちょっと心配ですねぇ」と渡嘉敷が言った。

そのことはこれまでにも話題になってきた。でも、そのたびに、まだ四月だし、当面は様子を見守ってみよう、ということで落ち着いてきたのだ。自分の殻に閉じ籠もっている子は、幼児虐待などを受けていることもあるそうだが、少なくとも身体的にはそんな兆候はなにひとつなかったし。

「もうすぐゴールデンウィークね……」と久保。「連休に入るまでに、家庭と連携を取った方がいいかもしれないわね。新しく園に入った子にとっては、一応、ここまでで園での生活に慣れて一区切りという時期なわけだから、今後の課題を園と家庭で共有しておくべきだわ」

久保は竜太を見ている。タカちゃんは、竜太の担当だから、家庭との連携といった時に、まず連絡ノートにその旨を書くのは竜太の役割になるのだ。連休が始まるのは明後日なので、さっそくきょうそのことを書かなければならない。

「それから優花ちゃんの連絡ノートも田村先生がよろしくね。大沢先生はきょうは戻らないから、怪我のこと報告して丁寧に謝っておくこと」

午睡室で泣き声がし、久保は言葉を切って腰を浮かした。甲高く細く「ふぇーん」というかんじ。子供たちの何人かは眠りが浅く、午睡中に何度か目を醒ます。久保は背中をとんとんして、再眠させようとしている。

竜太と渡嘉敷は会話をやめて、書き物に集中した。


午睡明けは小集団で静かな遊びに終始する。竜太は廊下に出て、木製のミニカーで「ぶーぶーあそび」を展開した。この年齢の子供はそう長く集中力が続かないから、竜太の遊びに参加する子供たちは次々に代わっていく。それでも、常時、三、四人が、ミニカーを手に持って、床の上を滑らせていた。

「ぶーぶー、競走しよう、よーい、ドン!」

そう言って、ちゃんと反応してくれるのは月齢が高い二歳前後の子供たちだ。それぞれが車を走らせて、「いちばーんっ!」とかわいらしい声で誇らしげに言う。全員が一番なわけがないのだけれど、それでも、この子たちは本当に全員が一番なのだ。「みーんな一番だよー」と言うとそれなりに納得してくれる。

まだ言葉の出ない低月齢の子も、見よう見まねで「ぶーぶーぶー」と言いながらなんとかついていこうとするのもたまらなくかわいかった。

五時を過ぎると、お迎えラッシュが始まる。朝の受け入れの時と同じで、大忙しになる。でも、竜太はこの時間が好きだ。たぶん、保育園の一日の中で、一番美しい時間ではないかと思う。母親の姿を見つけて、ママーと大きな声をあげる時、子供たちの顔が輝く。

別に電球じゃあるまいに、本当に輝くのだ。

自分の仕事って、まさにこの瞬間のためにあるんだなあ、とじーんとしてしまう。と同時に、さっきまで自分が頼りだった子供たちが、瞬時にして自分の手を離れて、それぞれの母親に吸い寄せられていくのは寂しくもあるけれど。そんな感情の揺れは、普通の男は想像したことすらないだろう。

仕事が楽しい。ほんの一瞬だが、竜太は心からそう思った。

将来、園長になりたいなんて思わないし、保育行政がどうしたなんてことも考えたことがない。ただ竜太は、自分が今ここにいることで、誰かが笑ったり、楽しんだり、安心したりするのが好きだった。竜太の「最前線」はきっとこのあたりにある。そう考えるとやっと、午前中の失敗から引きずっていた気後れが消えた。

「あのぅ、先生」と声がした。

竜太は無意識に、久保と渡嘉敷の姿を探した。

「田村先生」と呼ばれ、はじめて竜太は自分が呼ばれているのだと気づいた。

タカちゃんを抱いたママが、上目遣いにこちらを見ている。

「今、ノートを読んだんですけど、やっぱりそんなひどいんでしょうか。タカくんは、たしかにもうすぐ二歳なのに、いつもぼんやりしてるし、ほとんど言葉も出ないし、気にした方がいいんでしょうか」

タカちゃんママは、二十代後半で、竜太よりもかなり年上だ。それでも、どこか儚げで、表情に少女の面影を残している。かわいいママ、という印象があると同時に、どことなく頼りなくもある。

「タカちゃんが、早く園でもっとリラックスできるようになればいいんですけどね。あ、言葉とかは個人差があるので、全然心配する必要はないと思うんですけど、ぼくたちもがんばりますので、是非、ご家庭での様子なんかも、連絡ノートか、こういった立ち話で結構ですから教えていただきたいと思って……」

「あたし、ほら、体弱いじゃないですか。二月にも子宮筋腫で入院してぐったりしてたし、今、また働き始めたら、腰痛が悪化しちゃって、寝てなきゃなんなかったり、だから、タカくんのこと、時間をかけてかまってあげられない時があって、いつも一人遊びばっかりなんです。そんなのも影響してるんじゃないかなあって思うんです」

あ、始まったと思った。以前にも大沢や久保に向けて、彼女が身の上話をぶちまけているのを聞いたことがある。彼女は昔結婚していたのかどうかは分からないが、とにかく今はシングルマザーで、PC入力かなにかのアルバイトをしながらなんとか暮らしているのだった。二月に子宮筋腫の手術をした時には、一時、タカちゃんを乳児院に預けなければならず、本当に大変だったという。タカちゃんの児童票にそこまで書いてあるわけではないから、ただ大きな声で話すタカちゃんママの声が自然に耳に入ってきて知っているのだった。

「最近も、腰が痛いのに、仕事が増えちゃってるんですよ。出来高の仕事なんで、結構、夜がんばらなきゃならなくて、本当は仕事を減らせればいいんですけど、生活保護を受けてる身分でそんな贅沢はできないし、やっぱり、子供にかけられる時間って限りがあるんです。だから、できる時には、一緒に遊ぼうって誘うんですけどなかなか乗ってきてくれないし、それに、先週、うちの母ががんの告知を受けて、たぶん二、三週間あとには手術なんですよぉ……」

竜太は久保と渡嘉敷の方にちらりと視線を送った。二人とも、それぞれ、お迎えのお母さんと話をしている。

「あのぉ……」竜太は覚悟を決めて切り出した。「お祖母さんの手術、大変ですね。タカちゃんも、大好きなばーばですよね。お母さんが大変なのはよくわかります。それが伝わっているから、タカちゃんもきっと寂しいけどがんばってるんですよ。一人遊びができるってことは、悪いことじゃないんですよ。だから、お母さんもお時間がある時は、お母さんが思う遊びに誘うよりも、一人遊びに付き合ってあげるってこともしてみたらいいんじゃないでしょうか。タカちゃんと同じ視線になってタカちゃんが何を面白がっててどんなことをしたいと思ってるのかくんであげれば、密度の濃い時間になりますよ」

自分の子供を持たない竜太にとって、なんとなく空々しい言葉だ。でも、一応、保育関係の本にはそう書いてあったし、大沢や久保だって、似たようなことを口にしている。

「それに、ぼくたちもがんばりますから。タカちゃんには自分の世界があって、それを大事にしながらも、いろんなかかわりがうまれてくれれば、一人遊びだけじゃなくて、遊びの幅も広がってくると思いますし……」

タカちゃんとママが去っていく後ろ姿に手を振った時、背中を軽く叩かれた。

渡嘉敷が銀歯をこぼれさせて、にやにや笑っているのだった。

「田村さんも、一人前ですね。説得力のあること言っていましたよ」

自分でもうまくいったと竜太は思った。タカちゃんママは、竜太のことを担当の保育士として認めてくれた気がする。言ったことはすべて「受け売り」の域を出ないにしても、考えてみたら自分の子供がいない竜太にとって育児にかかわる助言はすべて現時点では「受け売り」なのだ。

「あとは、あの問題を解決すれば、本当に一人前ですねぇ」

「あの問題ってなんですか」

「ああ、聞いてませんでしたか。じゃあ、じきに大沢先生から話があるはずです」

渡嘉敷はバツが悪そうに目を伏せ、そそくさと持ち場に戻った。

竜太はため息をついた。自分が保育士として「まだまだ」なのは知っているけれど、それをあらためて指摘されたようで、どっと疲れを感じた。

五時半。そろそろ引き上げようと思い、竜太は自宅に持ち帰る保育日誌を小脇に抱えて階段に向かった。ふいに背中に視線を感じ、振り返る。

優花ちゃんが、ママの足にまとわりついていた。しきりと「ママー、ママー」と話しかけるのを、ママは右手で頭を撫でるだけでまともに取り合ってあげていない。左手には連絡ノートがあって、きょうのページを開いたまま強い視線で竜太を捉えていた。

竜太はまたも気後れを感じて、「お帰りなさい」と小さな声で言った。視線を低くして「優花ちゃん、またあしたねぇ」とここだけは元気に付け加えた。

黙礼する優花ちゃんママ。竜太はそそくさと歩み去った。

きょうは優花ちゃんの連絡帳を自分が書いたのだと思い出したのは、ずっと後になってからだった。

4

遅番でゆっくりめに登園すると、大沢の鋭い視線が竜太を射た。何か言いたげだが、子供たちと手遊びをしているところなので、さすがにこちらにやってきはしない。まあ、大沢が厳しいのは今に始まったことではないから、竜太はとりあえず気にしないことにして、視診簿に目を落とした。

綾ちゃんが鼻水、亮ちゃんが下痢、美月ちゃんが熱っぽい……四月入園組が軒並み調子を落としているみたいだ。やはり、最初の一カ月の疲れが出てきたのか。美月ちゃんは自分の担当だから、かなり注意してみなければ。

すると、美月ちゃんが膝にやってきて「先生を独占」とばかりにごろんとなった。実はこれまで美月ちゃんは竜太よりも久保のことを慕っているフシがあった。絵本を読む久保のまわりには六、七人もの子供が群がっているので、まだ手つかずの竜太の膝を目指した、ということだろう。美月ちゃんの体をトントン叩きながら、自分が担当している四人の子供の連絡ノートを手早く読む。美月ちゃん、賢人ちゃん、晶ちゃんと来て、最後がタカちゃんだった。ママからのメッセージは、簡単だったが一応、きのうのやりとりをふまえている。

〈眠る前に三十分ほど、一緒にブロック遊びをしました。タカくんは、自分がやっている遊びを邪魔されないなら、ママが隣で見てるのもオーケイらしいです。結構、作りたいものがはっきり

していて、ピラミッドみたいな形にしてうれしそうでした〉

そうそう、と竜太はうなずく。無理に遊びに誘うより、タカちゃんの土俵にママが上がってあげたことに意味がある。ちゃんと言ったことが伝わっていたことに、竜太は感動した。

「あー、散歩、散歩です。散歩に行きますよぉ。田村せんせ、急いでくださいよぉ」

渡嘉敷があたふたとせき立てた。

きょうは、渡嘉敷と竜太、そして三田、三人の引率で子供たちと外に出る。

子供たちを四人乗りのバギー二台に分乗させて、「あるこー、あるこー」とか「公園に、行きましょう、ハイ！」とか歌いつつ、行き先は川沿いにいくつかある公園のうち「水辺の広場」と呼ばれているものだ。桜川沿いの遊歩道を親水公園を越えて五分ほど歩くと木立があって、その中にブランコなどの遊具が設置されていた。きょうはポカポカ陽気だから、最高に気分が良かった。


子供たちの顔が輝いている。滑り台に直行する子供と、ブランコが好きな子供、二グループに自然と分かれて、まだ不自由な言葉で「じゅんばん、じゅんばん」などと言いながら、遊び始める。ブランコが体にぶつかって泣いてしまう子。その子の頭に手を当てて「いいこ、いいこ」をする子。その隙にブランコに乗る子。子供たちの中にもちゃんと社会があって、保育する者の予想とは違った行動が絶えず飛び出してくる。すごく面白いし、心満たされる光景だった。

でも、ふと気づく。ブランコのところには三田、滑り台には渡嘉敷がついているので、竜太はここにいても仕方ないのだ。仕事は自分から探すものだと大沢には耳にたこができるほど言われているけれど、ベテランの渡嘉敷と、子供が生まれるまで何年か保育士経験がある三田に比べれば、竜太はどうしても初動が遅く、自分の場所をうまく確保できない。ちょっとは進歩したかと思えば、やっぱりまだまだなのだ。

まわりを見渡すと、タカちゃんがいた。

これもまたいつものパターン。集団になかなか入っていけないタカちゃんは、こういう時、やはりはぐれ者の新人保育士と相対することになる。

「タカちゃーん、なにしよっか」と竜太は言った。

返事は期待していない。タカちゃんは、たいていこんな時も無反応だ。

でも、違った。

「あーっ」と何かを言いたげな声をあげて、ズボンを引っ張る。そのままペンギンのようなよちよち歩きで緩い斜面を下り、小石をちりばめた池のほとりに竜太を呼び込んだ。

「あーっ」と水面を指さす。

竜太の目を、小さな銀色の光が射た。しゃがみ込んでタカちゃんと同じ視線になると、はっきりとわかった。池には魚の群れがいるのだ。

「あ、魚だね」と竜太は言った。

「ちゃかな、いる」

竜太は息を呑んだ。体にじんわりわき上がってくる感動を押し殺して、

「ちゃかな、なにかな」と聞いてみる。

「めだか、いるね」

「めだかすき？」

「きらきら、ね。めだか、ちゅき」

タカちゃんが話したのだ。ママとか、マンマではなく、遊びの中で感情を表現したのだ。それもいきなり、きちんとした二語文で。

タカちゃんは、小石を水面に投げた。

「めだかー」と大きな声を発する。

波紋が立つと同時に、銀色の光が俊敏に拡散する。でも、ほんの数秒でめだかたちは戻ってきて、小さな池のほとりを機敏に泳ぐ。

何度か繰り返すうちに、タカちゃんの頬がみるみる上気してきた。

めだかの学校は……とかわいらしい歌が出始めた。

ちょうど滑り台に飽きたオトモダチの一群が、わらわらと斜面を降りてきた。

タカちゃん、なにをやってるのー？

そんな感じでみんな目をまん丸にしている。

竜太は息を詰めて、成り行きを見守った。

タカちゃんが「めだかのがっこー」と言い、子供たちの口から連鎖反応的に歌が漏れた。

歌に後押しされるみたいに、タカちゃんはまた小石を拾って投げる。

波紋と銀色のきらめき。

「あーっ」と子供たちが、岸辺に寄ってくる。

タカちゃんがさらに投げる。ほら、こうやってやるんだよ、と教えてあげているようだ。実際すぐに二、三人が石を摑んで水面に投げた。そのたびにいちいち、めだかたちは体を翻し、子供たちは大きな歓声をあげた。

「田村せんせ」息を切らせた渡嘉敷の声。でっぷりしている彼女は、散歩の際、走る子供に追いつくのには常々苦労している。

「みんな楽しそうですねぇ、なにしてるんですかぁ」

「ね、タカちゃん、なにしてるのか、トカ先生に教えてあげて」

竜太が呼び掛けると、タカちゃんが振り返った。

どことなく恥ずかしげにもじもじしている。

渡嘉敷ではなく竜太の方を見て、小さな声で「めだかー」と言った。

そして、「めだか、いるよー」とはにかみながら言い直す。

渡嘉敷の目が大きく見開かれ、そして、微笑みに変わった。

「言葉が出たんですね。ここからは早いですよ。ひょっとするとタカちゃんは、もともとおしゃべりで活発な性格なのかもしれませんよ」

子供たちは、渡嘉敷と竜太が見守る前で、水辺でジャンプし始めた。これも始めたのはタカちゃんだ。ジャンプのリズムがだんだん揃ってきて、なんだか水の中のめだかの泳ぎと重なって見えた。

「あたしは、よく思うんですよぉ……」渡嘉敷がしんみり言った。「この仕事をしてますと、ママやパパよりも先に、言葉が出るのを聞くことも多いですが、それでいいんでしょうかね。本当なら家庭で両親が先に味わうものじゃないかと……」

その時、子供たちの歓声がわいた。

「めだかの、ままー」タカちゃんが竜太を見て大声を出した。

めだかよりも大きな魚が群れの中に入り込み、まるでめだかの先生みたいに振る舞っている。いや、「めだかの、まま」のわけだから、学校でなく、大家族ということか。

「ぱぱもいたー」別の子が叫んだ。もう一匹、大きな魚が入り込んだのだ。

「まあ、いいんでしょうかね。あたしたちは、『せんせい』なんで、母親ではないけど、この子たちの生活の一部なんですから。このめだかのママみたいなもんですねぇ。でも、田村さんは、ママじゃないですねぇ。でも、パパというのも変ですねぇ。じゃ、なんなんでしょうかねぇ、やっぱり、せんせい、なんでしょうねぇ」

渡嘉敷は目を細めて言うのだった。

5

「ひとつ、山は越えたね」と大沢が言った。

子供たちは午睡室で穏やかな寝息を立てている。

ここに至るまでの流れが、きょうは実にスムースだった。タカちゃんが常に竜太のそばにいたがって、するとほかの子供たちも竜太に寄ってきた。いつもは嫌がるパジャマへの着替えすら、競うように竜太に介助してもらいたがり、結果、竜太だけで六、七人も次々に面倒を見ることになった。きのうと何が違ったのかは分からない。でも、ごく自然に竜太は流れを見渡すことができたし、子供たちも竜太の期待に応えてくれた。

「実は、わたしは、それなりに心配してた」と大沢。「いつまでも気後れしてちゃ、保育士としてやっていけない。能力もないのに自信を持たれるのは困るけど、かといって自信がないままじゃ、保育にもならない。こういうのって、何かがきっかけになって変わるしかないんだよ。きみはタカちゃんに感謝した方がいい。きみのことを認めてくれた最初の子供なんだから」

竜太は神妙にうなずいた。

「でもね、この後、きみにはもう一山越えてもらわなきゃならない」

彼女の視線がにわかに厳しさを増した。

黙っている竜太に、「きみにも分かってるんだろ」と鋭く言う。

「優花ちゃんのこと……ですか」

「そう、あのノート。優花ちゃんママは、かなりご立腹なんだ。あたしが読んでも、書き方がなってないと思う」

大沢は優花ちゃんの連絡ノートをノート入れの箱から取りだして、竜太の前に置いた。竜太が見る前に、久保が横から手を伸ばして問題のページに視線を落とした。ゆっくりと読み上げる。

〈オトモダチとのトラブルで顔を引っ掻かれてしまいました。すぐに冷やしましたが、うっすら赤くなっています。申し訳ありませんでした。優花ちゃんは今回は「被害者」になってしまいましたが、優花ちゃんの方が加害者になることもよくあります。保育者が止められなかったのが一番悪いのですが、相手のお子さんとは「おあいこ」と考えてください〉

久保は竜太の顔をまじまじと見つめた。

「これはあたしのミスかも。まさかこんな書き方するなんて思わなかったから、チェックしなかった。そりゃあ、言いたいことは分かるけど、あたしたちの立場では言えることじゃないわ」

「まあ、書いてあることは事実だ」と大沢。「いずれ、なんらかの形で伝えなければならなかったことかもしれない。でも、やり方が不用意なんじゃないかな。そのせいで、きみは不必要に優花ちゃんのご両親を刺激してしまった。きょうの夕方のお迎えには、両親で来るそうだ。時間を取ってほしいとのことだから、きみにも当然、残ってもらう……いいかい、優花ちゃんのパパとママは、これまでにもきみのことでわたしに話をしてきたことがある。きみについて誤解してるんだと思う。きょうは直接話すんだから、きみにとってはチャンスでもあるよね」

竜太はいつも優花ちゃんママが投げてくるあの不機嫌な視線を思い出して、憂鬱になった。きっと「女の子の顔に傷をつけるなんて」などと言ってくるに決まっているのだから。

優花ちゃんの両親は、五時半きっかりに連れだってやってきた。二人とも痩せていて、顎の尖った感じが似ている。似た者夫婦というのだろうか。

表情は険しく、優花ちゃんが駆け寄っても、二人とも笑顔さえ浮かべなかった。竜太はまずそのことに心を痛めた。二階の一角にある和室で話をするつもりだったが、竜太と大沢の顔を見ると、優花ちゃんパパがすぐに口を開いた。

「ノートを書いたのは田村先生ですよね。普段とは字が違いましたからね。優花がオトモダチに手を出してしまうこと、まあ、そうなんでしょう。でもね、保育園というのは、子供たちをちゃんと見て、そういう事故が起こらないようにしてくれるはずじゃないですか」

「すみません。わたしたちの至らぬところで」大沢が頭を下げた。

「ああいう書かれ方をされて、『おあいこ』と言われても、わたしたちは納得できません。もともとあってはならないことなんじゃないですか」ママが畳みかけた。

二人とも顔が真っ赤になっている。すごく興奮して、その様子も似た者同士なのだった。

「ああいう事故をゼロにできるかと言われますと、難しいです。でも、注意していれば、多くのものは防げるわけですし、今後気をつけていきたいと思っています」

「でも……」

ママが口を開くのを、パパが制した。

「いや、ぼくはむしろ田村さんに聞きたいんだ」

「はあ」と竜太は生返事をした。

二人の目尻がさらにつり上がったような気がした。竜太は一歩、後ずさりそうになった。

「この際だからはっきり言わせてもらいますよ。ぼくたちは、保母さんを選べない。男の人が、それも新人が担任だと聞いた時には不安だった。ぼくたちは子供は優花で二人目だし、あなたよりもずっと子育ての経験がある。なのになんでああいうふうに言われなきゃならないんだ。あなたに保育士としての資質があるのかさえ、わたしたちには分からないのに」

竜太は優花ちゃんパパが投げかけてくる言葉に茫然とするしかなかった。連絡ノートの件で気分を害したのだと思っていたのに、ずいぶん話が大きくなっている。渡嘉敷が言っていた「あの問題」も、大沢が「もう一山」と言ったのも実はこのことなのだろう。これまでは大沢が話を聞くだけ聞いてブロックしてくれていたのだ。

「だからね、ぼくは知りたいんだ。あなたはどうして、保育の仕事をしようと思ったの？　こっちも安心して預けたいから、あなたがどんな人で、どんなこと考えているのか気になるんだ。女の保母さんだったら、こんな心配、しなくて済むんだけど」

「はあ……」竜太はまた言葉を詰まらせた。

「わたしたちは保母でも保父でもなくて、保育士なんです。女であろうが、男であろうが、保育のプロです。だから、そういったご心配は……」大沢は毅然として言う。

「ぼくは、田村さんに聞いているんだ」

まわりではほかの迎えの母親たちが聞き耳を立てていた。背の高い秋月が、背中側にも腹側にも乳児を抱えた「おんぶに抱っこ」の状態で、近くを通り過ぎた。涼やかな視線を投げかけてきて、竜太ははっとした。

「そうか、零歳児クラスも男の保母さんなんだな」優花ちゃんパパが低い声で言った。

秋月がその声に反応して、軽く会釈をよこした。パパは少し気圧されたように黙礼を返した。

「あのう……」と竜太は言う。「優花ちゃんのお父さんも、育児にとてもご熱心じゃないですか。それと同じことだと思うんです。今の世の中、積極的に育児にかかわる男性が多くなっているわけですから、保育する側にも男がいるほうが自然なことだと……」

いつか秋月が言っていたことの受け売りだ。でも竜太としても納得できる説明ではある。

「現実問題として、父母の中でも不安に思う人も多いわけですよ。この前第一回の交流会をやったんだが、やっぱり、男性、それも新人というのは不安だって声が大きかった」

「特に女の子を持っている親が不安に思うようです」とママ。「男の保母さんだと荒っぽくて、それが娘に悪い影響を与えないか。それに小さい女の子が好きな男の人だっているわけでしょう。

いえ、田村先生がそうだという意味ではなく」

竜太は最初、優花ちゃんママが何を言っているのか分からなかった。やや遅れて理解した時には、あまりの発想の飛躍に頭がくらくらした。

「なにもわたしたちは、田村先生にやめてほしいと言ってるわけじゃない。さっきも言ったけど、わたしたちは保母さんを選べない。だからこそあなたの資質を」

言葉の途中で、ふいにパパはぐらりとバランスを崩した。

「あ」と竜太は声をあげた。

なぜかタカちゃんがいる。タカちゃんが、優花ちゃんパパの足にしがみついているのだ。まるで悪い敵をやっつけるかのように。

タカちゃんママが慌てて飛んできて、「すみません、すみません」と頭を下げた。

「タカくん、だめでしょ。あ、優花ちゃんにきのう怪我させちゃったって聞いてます。本当にすみません」

わざとらしいほど何度も何度もコメツキバッタみたいに頭を下げ続ける。

「ちぇんちぇーっ」タカちゃんが大きな声を出して、今度は竜太の足に抱きついてきた。竜太は思わずタカちゃんを抱き上げた。

それをきっかけに、タカちゃんママがこっちをくるりと向いて、同じように頭を下げた。

「本当にありがとうございます。すごくうれしいです。もう、涙が出ちゃって……」

びっくりするほど大きな声。目尻には本当に涙が浮かんでいた。

「タカくんが、なかなか言葉が出ないの、あたしすごく気にしてたんです。保育園で最初の言葉が出るなんて、やっぱり先生たちがいろいろ働きかけてくれるからなんですね。さっきそこでノートを読んでて、あたし、もう感激しちゃって……」

そのノートは竜太が書いたものだ。親水公園での忘れがたいシーンのことをなんとか伝えたくて、一生懸命言葉を尽くした。

「本当にどうもありがとうございました、田村先生のおかげです」

タカちゃんママがまたも大げさに頭を下げた。

騒々しくタカちゃん母子が去った後、沈黙が残った。優花ちゃんの両親も、大沢と竜太も、文脈を見失って視線を宙に泳がせた。

「あの、さっきのことですけど」

最初に言葉を切りだしたのは竜太だった。

「なんで、この仕事を選んだかって……つまりは、好きなんです。変な意味じゃなく子供が好きだし、子供と接する仕事がいいなあってずっと思っていましたから」

一階に配属された女の子の同期も、「好きだから」って言っていたなあ、と思い出す。秋月なら「最前線だから」なんて言うのだろうけど、竜太にとってはやはりピンと来ない。

「好きだから、か」優花ちゃんパパは呻くように呟いた。

「好き、じゃだめでしょうか」

「そんなこと！」ママが鋭く切り返した。「ただ単に好きだからなんて、無責任ですよ」

「やめなさい」とパパ。

ママが驚いたように、パパを見た。

「いや、ぼくはちょっと安心した。好きだからその仕事をするっていうのは、考えてみれば当たり前だな」

「でも！」

「いや、さっきのを見ただろう。子供も田村先生のことを好きなんだ。だとしたら、いいことじゃないか」

突然、雲行きがかわり、逆に戸惑ってしまう。

しばらく言い争いが続くと、ママの足もとで優花ちゃんが泣き始めた。当然だ。せっかくママとパパが連れだって迎えに来てくれたのに、なかなか相手にもしてくれず、おまけに二人が喧嘩を始めたのだから。

思わず竜太は優花ちゃんを抱き上げた。近くに大沢もいたし、そもそも、優花ちゃんにとって一番大好きなはずの両親が目の前にいるというのに。

それでも、なんのためらいもなかったし、すると優花ちゃんの方も安心して体を預けてくるのだ。

竜太の腕の中で泣きやんだ優花ちゃんが「ままぁ」と甘い声を出し、その瞬間、言い争いにも終止符が打たれた。

両親の間にぶら下がるようにして去っていく後ろ姿を見送りつつ、大沢がぽつりと言った。

「保育の仕事をしてると、子供に助けられたり、教えられたりしてばかりだ。タカちゃんだけじゃなく、優花ちゃんにも感謝、だね」

まったくその通りだった。

「めだかの学校じゃないんですよ」と竜太は言った。

「え？」大沢が口をぽかんと開けて、竜太を見る。

「ここは保育園だから、学校じゃないんです」

「ああ、めだか組は、めだかの学校。そんな話をしたっけ」

「何かを学びに来るんじゃなくて、ここにいる時はみんなここがおうちと一緒なんです。一番、くつろげて、自分らしくしていられるとこなんです」

「ああ、そうだね。そうあるべきなんだ」

「でも、ぼくたちは、ママでもパパでもない。先生ってあえて呼ばれるのはきっとそのせいなんですね。でもね、本当の家族の代わりにはなれないけど、ここにいる時だけはめだかの大家族なんです」

大沢は不可解そうに竜太を見た。

「いや、この仕事、なんとかやってけるかなって」

「やってもらわなきゃ困る。今、やめられても、こっちは迷惑だし」

大沢が辛辣に言う。でも、顔は笑っていた。

3.　コロチュ

1

保育園の二階には広々としたテラスがあって、そこまでは園庭で遊ぶ幼児クラスの喧噪は伝わってこないから、小さな乳児たちが安心して遊ぶには恰好の場所なのだった。一歳児のめだか組さんたちがまだおぼつかない足取りで走り回るのも、お気に入りのコンビカーを走らせるのも、組み立て式の小さなブランコで揺られるのも、今のところはここだけだ。

子供たちが夢中になって遊ぶのを見ていると、空気そのものが輝いて柔らかい光に包まれているように思えてくる。たぶん、子供たちの声のせいだ。テラスは、言葉というよりむしろ「あーっ」とか「うわーっ」とか明るい母音の入った歓声に満たされている。それらがみんなの笑顔に反射して、空気がふんわり輝き出す。

田村竜太は目の前の光景に見とれつつ、ぼんやりそんなことを考えていた。

「田村センセイ！」クラスリーダーの大沢に耳元で言われ、はっと我に返る。

竜太はさっきまで屋内で使っていた遊具を片づけてきたところだった。今、ひとりでかなりの人数を見ている久保佐智子のところに行って、何人かを引き受けなければならない。自分だったら収拾がつかなくなる状況なのに、久保がさりげなく場を落ち着かせているものだから、つい様子見をしてしまった。

久保はまだ三十にならないのにとても落ち着いていて、危なげがない。竜太がいつも感心するのは、彼女の声だ。別に「甘い」というわけではないのだけれど、強く訴えかけるような絶妙の抑揚で話す。クラスリーダーの大沢がどことなく男性的で、「お父さん」的な役割を果たすことが多いのに対して、久保は「みんなのママ」として人気を集める、というのもうなずけた。

久保佐智子に注目すべし、と竜太に勧めたのは、同期の秋月康平だった。

つい先日、ゴールデンウィークが明けた最初の日曜日、駅前の喫茶店「ハニーバトン」に、新人三人組が集まった。五月の誕生会をこの三人で仕切ることになっていて、その打ち合わせをしようと秋月が呼びかけたのだ。

秋月は勝手を知った様子で「有機栽培ダージリン」を注文すると、まず竜太とルミを見て「久保先生ってすごいよな」と言った。秋月は隣のひよこ組の担任なのだが、早番や遅番の時には、めだか組と一緒になって子供の面倒を見ることがある。何度か久保とコンビを組んだ後で、秋月は彼女のちょっとカリスマめいた部分に気づいたという。

「ぼくは思うんだがね、現在の保育園というのは、いわば『母性の機関』なんだ。子供への接し方のモデルとして『優しい母親』というのが一番だと考えられているわけ。久保先生は、そういう役割モデルにすんなり入っていけた人なんだろうな。子供への言い聞かせ方とか、独特の柔らかさと説得力を持ってるね。ほかの先生は、その場が荒れなければいいいやって流すことが多いけど、久保先生はあきらめないよ。尊敬に値すると思うんだよ」

たしかに、久保はただそこにいるだけで子供たちが寄ってくる不思議な雰囲気を持っていた。みんなが彼女に甘えたがり、それなのに秩序が乱れないというのは竜太にしてみれば奇跡のようだったから、いつもなぜなのだろうと思っていた。

「ねえ、中島さんもそう思わないか」

秋月は竜太の隣に座っているルミに話を向けた。

「久保先生はいわば保育の女王、みたいなポジションにいるわけ」

「うーん」とルミは鼻の上にしわを寄せた。

「あたしはよくわかんないなあ。あたし秋月さんみたいに頭よくないし。でもあたしも久保先生みたいになれたらと思うよ」

ルミは短大の保育科卒だから、竜太と秋月よりも少し年下だ。社会人一年生時代を公私ともども楽しんでいるようで、この日も、後で合コンに行くのだと言っていた。

「それで、ぼくは思うんだがね」秋月はダージリンを口に運びつつ竜太に視線を戻した。

「田村もああいうタイプを目指せばいいんじゃないか」

「へえ？」と竜太は生返事をした。

「きみはいつもぼーっとしていて、男のわりに柔らかい印象じゃないか。誰か身近な仕事上のモデルを見つけるとしたら、久保先生ということにならないか。体がマッチョなのが玉に瑕だが、でも考えてみれば、そういう体格の男が『母性の機関』に徹するってのも面白い、というか、ぼくは評価するね」

「へえ、秋月さんって、すごいっ」とルミが訳の分からない感嘆を漏らした。

竜太が何か反論しようと考えていると、「さ、本題だ」と秋月が言い、誕生会についての話し合いがもう始まっている。

五月生まれの子供を園のみんなが祝うという趣旨なのだが、出し物としてお芝居をすることにすでに決めていた。三人が集まったこの場でアイデアを出し合い、ざっくりと方向が決まると、あとは秋月がシナリオに起こす。竜太とルミは衣装をはじめ、諸々の細かい準備を進めていくことになっており、中でも五月生まれの子の保護者に招待状を出すことだけはできるだけ早く竜太がやってしまうことに決まった。

小一時間ほど集中的に話し合い、打ち合わせはお開きになった。合コンのルミはもちろん、秋月も出かけるということで駅へと向かった。

二人ともタフだなあと感心しつつ、竜太は歩いて部屋に戻り、ベッドの上でごろごろ過ごした。すると、秋月が喫茶店で会うなり言ったことが、しきりと思い出された。自分が保育士として目指す路線というのがあるとして、それはどんなものだろう。久保先生みたいに、優しく、毅然として、あきらめないというのはたしかに理想かもしれなかった。


柔らかい光に満ちた子供たちの明るい声は、途切れることなく続いている。久保は薄ピンクのエプロンをして髪を簡単にまとめただけのラフな格好だ。それでも、どことなく華やいだ雰囲気もあって、たしかに穏やかで優しく、まだ初々しさの残るママのように見えた。

彼女のまわりにはコンビカーに乗りたい子たちが集まっており、それぞれのお気に入りのやつを順番に使って遊んでいる。ちょうど所有欲がはっきりしてくる時期だから、諍いは絶えない。久保はそれをすぐにやめさせるわけでもなく、少し様子を見た上で対応しているようだった。彼女のまわりでは、引っ掻きだとか嚙みつきだとか、衝動的な行動にはあまり発展しないのだ。

「タカちゃんの、タカちゃんのっ」とこの前まで引っ込み思案だったタカちゃんが、強く自己主張しているのを見て、竜太は思わずほほえんだ。感情を言葉で表現できるのは素敵だ。タカちゃんは竜太の担当だから最近では信頼関係ができている。かなえられなかった思いを目の前の久保に受け止めてもらうのではなくて、わざわざ少し離れた竜太のところまで来て「タカちゃんのっ」と訴えた。

「じゃ、ブランコしよっか。タカちゃんブランコも好きでしょ」などと、別の遊びに誘ってみるけれど、竜太は久保のようにスムースにはできない。久保のさりげなさは、竜太にとっては驚異だ。

でも、翳りがある。

それに気づいて、どきっとする。なんなんだろう、これは。

だんだん焦点が定まってきて、竜太の目は久保の背後にたたずんでいる小さな男の子の姿をとらえた。一度気になってしまうと、目を離せなくなり、どうしていいのか自分でも分からず、どぎまぎしてしまった。

七瀬晶ちゃんだ。一つ上のペンギン組にいるお兄ちゃんと、二人揃って五月生まれで、昨晩、竜太は保護者への招待状を書いたばかりだった。年子で同じ月生まれって意外に珍しいから、その印象が強く残っていた。

晶ちゃんは、とにかく手のかからない子だった。情動的に安定していて、いつもゴキゲン、ニコニコ・ベイビー、なのである。この時も晶ちゃんは口元をゆるめて微笑んでいて、でも、竜太の目にはそれがどことなく翳りを帯びたものに見えたのだった。

唇がゆっくりと動いていて、どうやら何かをひとりで語っているらしい。耳を澄ますと、ちょうど周囲の歓声がとぎれた瞬間に、かろうじて聞こえてきた。

「コ・ロ・チュ」

晶ちゃんは誰のことも見ずにつぶやいたのだ。

園庭の上を大きなハシブトガラスが飛ぶのが見えた。

あ、そうか、カラスのことか、と思い納得すると同時に釈然としない。晶ちゃんはまだ「まんま」くらいしか言わなかったはずで、その次がいきなり「カラス」だなんてあんまりだ。

「コロチュ」と晶ちゃんがもう一度言った。

今度は下を向いて、足をテラスの床にぎゅうと押しつけた。竜太が思わず身を乗り出して見ると、緑色の床に黒い蟻が隊列を組んでいた。ちょうど久保の上履きをかすめて、テラスの床のひび割れの中へと消えていく。晶ちゃんの足は蟻の隊列を分断していて、つまり、無数の蟻を踏みつぶしているのだ。

「きゃっ」と久保が悲鳴を上げて、飛び退いた。「やだ、こんなとこに蟻がいっぱい!」

久保は虫が大嫌いで、その点だけが保育士としての弱点かもしれなかった。なにしろこの時期の子供たちときたら、たいていは虫が大好きなのだから。

晶ちゃんはにこにこしながら、久保と蟻の間に入り込んで膝をつき、今度は両手で蟻をつぶし始めた。

「あら、晶ちゃん、蟻さんが死んじゃうよ」と久保が言う。

それでも、晶ちゃんは手を休めずに黙々と蟻を殺し続けた。竜太と目が合うと、ひそひそ話をするようなささやき声で「コロチュ」と言った。その顔はとても得意げでもあり、竜太は背筋に冷たいものが走るのを感じた。

2

夜、部屋に帰って、テレビをつけながらコンビニ弁当を食べていると、両親がイラク戦争で犠牲になった子供たちの「その後」についてのニュースが流れた。竜太はこの手のニュースが苦手だ。つい子供に感情移入してしまうから、つらくて正視できなくなる。とはいえ、消すこともできず、ずっと見続けた。さらに悪いことに、幼児を狙った通り魔殺人の犯人が逮捕されたというニュースが続いた。都内で連続して起きたもので、一番近いやつは区は違うけれど電車に乗れば十分くらいの距離だった。「人を殺してみたかったが、大人だと抵抗するかもしれないので小さい子を狙った」と容疑者が自供しているというくだりで、竜太の頭の中で何かが弾けた。むくむくと憤りの気持ちが持ち上がってきて、体が震えた。竜太の場合、いくら怒っても、外に向かって表現されずに内にこもる。この時も、強い気持ちは深く内向して、思わず歯を食いしばった。

するると、耳元でかわいらしい声が聞こえた。

コ・ロ・チュ。

内向した怒りが急に膨れあがって、壁や床を殴ったり蹴ったりしたい暴力的な衝動を感じた。

自分でも、驚き、そして、ぞっとした。

とにかく、こんな物騒な言葉は、晶ちゃんみたいな言葉を覚えかけの乳児が、いきなり口にすべきものじゃない。

もちろん晶ちゃんが悪いわけじゃない。

そんな言葉を覚えてしまうような環境がいけない。今のこの社会がいけない。

そう考えたら、きょうのテラスでの一件がとんでもなく重たいことのような気がしてきた。

翌日、登園すると、今度は久保ではなくて、衛星のようにいつも彼女の近くにいる晶ちゃんの姿を目で追った。でも、例によって晶ちゃんはニコニコ・ベイビーだ。とりたてて目を引く部分はなかった。もちろんそれにこしたことはないのだけれど。

「ちょっと気になることがあるんですけど」

午後二時過ぎ、子供たちが午睡室で眠っている時間帯に、竜太は切り出した。食事の時に使う小さなテーブルで四人の保育士が連絡ノートへの記入をしていて、文字通り額を寄せ合っている状態だ。

竜太はテラスでの一件をかいつまんで伝えた。蟻を手で殺しながら「コロチュ」と言っていたこと。その時、無邪気に笑っていたこと、等々。

「最初はカラスのことかと思ったんですけど、その後の様子を見てて、どうもそうじゃないんじゃないかと思いはじめたんです」

「やだ、それ、コロスってこと？　さすがにそんなことないと思うけど」久保が眉をひそめた。

「ポケモンじゃないですかね」渡嘉敷が口を開いた。「ポケモンに、コロチュウというのがいるのかもしれませんよ。ペンギン組にお兄ちゃんもいるし、テレビの影響は大きいんじゃないでしょうか」

「でも、トカ先生、本当にコロチュウなんているんですか」と久保。

「きっと、コロコロ太ったネズミのポケモンなんじゃないでしょうかね」

渡嘉敷は訥々とした口調で言うものだから、それだけで場がなごんでしまう。

「とにかく、ぼくには気になるんです。思い過ごしならいいんですけど」

「きみがそこまで言うなら、気にかけてはおくが……」

大沢が眉間にしわを寄せた。不機嫌そうに見えても、実際には真剣に考えている時にそうなるのだと最近やっと竜太にも分かってきた。

午睡室の方で、ふいになにやら物音がした。

久保が腰を浮かすと、ちょうど中からおぼつかない足取りで目覚めたばかりの子供が顔を出した。

「あら、晶ちゃん。起きたのね」

まさに今話題になっている晶ちゃんなのだった。久保の言葉に、顔全体で微笑んだ。本当に良い笑顔で、これまでにちゃんと愛情を注がれて育ってきたのだと素直に信じることができる。こうみると翳りなんてない。だからこそ、逆にあの言葉が気になって仕方がならなかった。

晶ちゃんは、最初に目が覚めたのがちょっと得意げなかんじで久保の膝にしがみついた。背伸びして、「ほっぺにチュー」をした。

「コロチュウ」と言う。

「今、なんて言ったの?」と久保。

「コロチュウ」

晶ちゃんはもういちどほっぺに唇を押し当てた。

久保が田村を見た。

「よくわかんないけど、こういうことみたい。チュウってことなのよ」

「ま、そういうことみたいだね。きみの取り越し苦労でよかった」

大沢は立ち上がりながら、もう半身になっていた。子供が起き出したら、事務仕事はいったんおしまいだ。

「コロコロと子犬みたいに走ってきてチュウするから、コロチュウですかね。きっとほかにも別の種類のチュウがあるんでしょうね。ケロチュウとか、ニャンチュウとか」

渡嘉敷のとぼけた言葉を無視して、竜太は晶ちゃんを見続けた。本当にいい笑顔。そうか、勘違いか。それなら、その方がずっといいのだ。ほっとしてしまう。でも、本当にそうなのか。ちょっと腑に落ちないところもある。

ずっと観察しているわけにもいかず、竜太は午睡後のおやつのために、外に出ているテーブルを取りに出た。意外にしっかりしていて重く、これは竜太の仕事というふうに自然に決まっていた。

ちょうど、秋月が背中と胸にそれぞれ「おんぶに抱っこ」状態で前を通りかかった。晶ちゃんのことを相談してみたかったが、込み入ったことを話す余裕はない。

秋月は階段から廊下に入ってすぐのところにある女子ロッカーを顎でしゃくった。

「なんかあったみたいだ。きみが話を聞いて慰めてあげたら？　ぼくはそういうのあんまり得意じゃないからね」

「なんかあったって、なにが」

「知らないよ。とにかくなにか、だ」

そう言って、ひよこ組の部屋へとすたすた歩いて行ってしまった。

竜太がロッカーの方を見ると、すぐにドアが大きな音を立てて乱暴に開いた。

中島ルミが思い詰めた表情で立っていた。噛みしめた唇はすっかり青くなっているし、目はさっきまで泣いていたみたいに潤んで、充血していた。

「ど、どうしたの」と竜太は言った。

ルミは竜太を見ると何も言わずに背を向けて、子供の転落防止の柵をまたも乱暴に閉め、一階へと駆け下りていった。

3

晶ちゃんのお迎えは、いつもの通りパパだった。七瀬家の場合、ママがお迎えに来ることはなくて、シッターさんかパパ、なのだった。

色白で、小柄だけれど、昔、国際大会にも出た柔道選手だったと聞いている。引き締まった体つきをのぞけば、そんな荒々しい側面なんて想像できないほど柔和な印象だった。

「おかえりなさーい」と竜太が声をかけると、晶ちゃんパパは奥にいる息子をちらりと確認し、あらためて竜太の方を見た。

「田村せんせ、これ」と差し出したのは、誕生会の招待状に同封した返信カードだった。

「夫婦で出ますよ。かみさんは普段あまり園には顔を出せないでしょう。だから、こういう時だけでもと思って。ま、なんとか連れてきますから」

「ありがとうございます。きっと晶ちゃんも光ちゃんも大喜びですね」

ちょうど晶ちゃんがパパに気づいてこっちにやってきた。するとパパは顔全体をくしゃくしゃにして抱き上げる。目に入れても痛くないというのは、まさにこんなかんじなんだろうなあと思った。胸にしんしん染みこんでくるような感覚があるのは、竜太自身、こんな父親がほしかったと思うからかもしれない。

竜太は晶ちゃんについての「勘違い」を思い出した。勘違いならいいけれど、ちょっとまだ納得していない部分もあったから、それとなく聞いてみたいと思った。

「家では晶ちゃんはどんなかんじなんですか。ママと遊んでもらえなくてもパパががんばっているから、安定しているんでしょうね」

「はあ、そうですねぇ。うちのかみさんは、なかなか家にいないからなあ。子供たちにしてみれば、ママにいてほしい時ってあるみたいですからね。いくら自分が母親の役までやっても、こなせない部分って残ります」

「そうでしょうねぇ」

「子供たちは不憫です。だからこそ、自分が絶対に守ってあげなきゃと思うんです」

晶ちゃんを抱き上げながら、パパの顔が憂いに曇った。でも、その様子も、晶ちゃんが「まんまぁ」と甘い声を出すととろけるような笑顔に戻った。別に珍しいことじゃないけど、晶ちゃんはこの時点では、まんまとママの区別を言葉の上でつけておらず、それをパパに適用することもある。とにかく、晶ちゃんにとって、大切であり、好ましいものが、まんま、だった。

「今は子供が生きにくい時代ですよ。ほら、あの通り魔だってそうだし、うちのまわりでも不審者の噂があるでしょう。幼児虐待なんかも後を絶たない。ああいう話を聞くたびに、自分はもう腹立たしくて、やるせなくて、どうにかなっちまいそうな気分です。目の前に悪い奴がいたら、この拳で――」パパは顔の前に握った拳を掲げて見せた。「こうやって、こてんぱんにやっつけてやれるけど、実際問題としてそんなことできっこないし、できたとしても暴力はいかんので、本当にもどかしいです」

「ぼくも同じような気持ちになります。すごく自分が無力な気がして」

「無力じゃない。あなたには力があるんです。田村先生みたいな若い人ががんばってくれなければ、子供が生きやすい時代は来ません。自分はもう、目の前の晶と光を守るので精一杯だから」

なんとなく圧倒されて、煙に巻かれた気分になった。それでも、晶ちゃんパパの言うことにはすごく共感したし、勇気づけられた。やっぱり、久保が言うとおり、晶ちゃんはすごく安定していて、いつもニコニコのゴキゲン・ベイビーということでよいのかもしれない。

それに、竜太は思うのだ。いつか、自分にも子供ができたら、あんな父親になりたい、と。母親みたいに優しく子供に接するけど、子供を守るためなら力強く立ち向かうことができる父親。

竜太は自分自身の憤りなら自分の中に納めてしまってもいいと思っている。でも無力な子供のためには、逆にもっと強くなりたいと思う。もちろん暴力はノーだ。それは決まってる。でも、優しく強く、なりたい。自分自身の子供でなくても、保育士として接する子供たち全員に、そんな気持ちを薄く広く持っている。

なんだ、ぼくも結構マッチョな考え方するんだ、と面白くなって、秋月に話そうかと思ったけれど、やっぱりやめた。

夕方の六時過ぎに竜太は勤務を終えて、今は使われていない和室に入った。お誕生会の衣装作りのためだ。先にルミが来ていて、作りかけの「不思議の国のアリス」「白馬の王子さま」「謎の暗黒怪人」の衣装に埋もれるように座っていた。竜太の顔を見ると、いきなり「もう自信がなくなっちゃいましたよぉ」とこぼした。

「あたし、だめです。きっとこの仕事向いてないんですよぉ」

ひどく情けない顔をしている。

「まあ、誰だってそうだよ。ぼくなんて自信がなくなる前に、まだ自信を持ててないよ」

竜太はテーブルの前に腰を下ろしながら言った。

「田村さんが言うと、それって説得力ありすぎます」

「ぼくってそんなに自信がなさそうかなあ」とますます自信がなくなるのが竜太の性格だ。

「そりゃあ、もう。秋月さんなんかに比べると、特に際だっちゃって。でも、いいんじゃないですか。田村さんの方が雰囲気が柔らかくて、子供に慕われそうだってみんな言ってます」

「そうかなあ、でも、柔らかいだけじゃなあ……」

竜太は、はあ、とため息をついた。

晶ちゃんパパの柔らかな強さがほしいと思うのだ。これって、実は久保が持っているものにも似ている。微妙に違うのだけれど、久保には、強い柔らかさ、強い優しさ、みたいなものを感じる。

「きょう園長先生にも言われちゃいました。子供に優しくするだけじゃだめなんだって」今度はルミがため息をついた。「甘やかすだけじゃなくて、子供に一目置かれていないと。でも、急には難しいですよね。いくら二歳児クラスだからって、子供は敏感に保育士の序列みたいなの感じ取ってるし」

「悪魔の二歳児、なんて言うものね」

二歳児というのは、乳児と幼児の端境期で、とても扱いが難しいと言われていて、それは竜太自身も延長番で接する時などによく感じていた。やりたいこととできることのバランスが悪く、つい手が出てしまいがちな年齢なのだ。

「で、結局、どうしたの。昼間すごく思い詰めた顔をしてたよね」

ルミの顔がふいに曇った。

「ほんと、最低です。あたし、子供をコントロールできなくて、逆に火に油を注いじゃったみたいで」

「でも、怪我とかはなかったんでしょう」

「そうなんですけどねぇ。ああ、思い出すだけで自信なくなりますよぉ」

ルミがざっと説明したところによると、最初に事が起こったのは昼寝明けの時間帯で、ペンギン組の男の子が突然、荒れ始めたのだという。午前中は一緒に仲良く遊んでいたオトモダチに急に襲いかかって、泣かせてしまった。それも一人ではなく何人もまとめて。いずれも、ペンギン組の中では月齢が低い小さな子供たちだった。そうなると場の雰囲気そのものが涙っぽくなって、それまで元気だった他の子たちにも伝染し、どうにも収拾がつかなくなってしまったのだそうだ。

「噛みつくとか、突き飛ばすとかじゃないんですよ。まるで格闘技の技をかけるようにですね、ぎゅっとしがみついて、そのまま押し倒しちゃうんです。それで、みんな頭をゴチンして泣いちゃったわけなんですよ。あたしは、びっくりしちゃっておろおろして、ますますパニックになっちゃって……」

結局、先輩の保育士がその場にかけつけて、最後には隣のクラスの先生までやってきて、事態は沈静化したのだった。小さな諍いはともかく、クラス全体が阿鼻叫喚になることは珍しく、ルミはとても責任を感じてしまったらしい。

「もっと悪いことに、あたし、子供たちの信頼を失ってしまったみたいなんですよぉ。騒ぎを起こした子にもいろいろ話しかけて、あんなことをしちゃだめなんだって伝えようとしたんですけど、そっぽ向かれちゃって……そうすると無性に腹が立つやら、情けないやら、どうしようもないやらで、あたし、この仕事に向いてないんじゃないかって思えてきて。好きだから選んだのに、向いていないなんて悲しくて、思わず泣いちゃったんです」

ロッカールームでほんの二分ほど思い切り泣いて、ルミは階下の仕事に復帰した。それだけで復活するのだから、切り替えがすごく早いわけで、つまりはこの仕事に向いてるんじゃないかと竜太は思った。少なくとも竜太自身は、小さなことをいつまでも引きずって考えすぎてしまうので、大沢に批判されるのだ。

「とにかくぞっとすることがひとつあるんですよぉ」

ルミは思い出したように眉をひそめて見せた。

「あのですね、その子、ずっと笑ってるんですよ」

竜太はまじまじとルミの顔を見つめた。聞き捨てならない、というか。

「オトモダチを押し倒した時にもそうだったし、あたしに叱られている時にも、ずっと笑ってるんです。うれしくてたまらないってふうに」

「その子って、誰なの。ひょっとして……」

「ヒカルちゃんですよ。あたし、言わなかったですか」

「七瀬光ちゃん……」

「そうです、めだか組の晶ちゃんのお兄ちゃん。ほんと、ペンギンとめだかは、きょうだい関係が多いですよねぇ。光ちゃんのほかにも――」

「なにか言っていなかったかな」竜太は言葉をさえぎって言った。

ルミはまじまじと竜太を見た。

「なにか特別なこと。普通は言わないようなこと」

「たしかに光ちゃんは時々すごく突拍子もないことを言いがちですけど……」

ルミが急に口を手で押さえた。

「どうしたの」

「ひとつ思い出しました。ロッチュ、あるいはロチュー、ロチュテヤル、とか。別にきょうだけじゃないんです。ここしばらくよく口に出てました。でも、意味が分からなくて」

竜太はため息をついた。

「うちの晶ちゃんの方がちゃんと発音できているのかも。晶ちゃんはコロチュとか、コロチュウって言うよ。そう言いながら、蟻を掌で殺したんだ」

「コロス、コロシテヤル」

ルミは自分で言った言葉に圧倒されて、口に手をやったまま凍り付いた。

4

その夜竜太は、なかなか寝付けなかった。心が痛くてならなかった。

横になる前につけていたニュース番組も最悪で、例の「殺してみたかった」通り魔が一段落したと思うと、今度は昨年、内縁の妻と一緒になって三歳の子供を暴行死させた男の公判が始まったことが伝えられ、竜太は憤りではち切れそうになった。

ニュースの女性コメンテイターが「わたしにも小さな子供がいるだけに、許せません」と口を震わせながら言うのを見て、強く共感した。以前だったらヒステリックな発言だと思ったかもしれない。子供に接する仕事をすることで、自分が少しずつ変わっているのかもしれなかった。秋月が言うような、母性を身につけつつあるのかは分からなかったけれど。

テレビを消して目を閉じてからは、ニュースで報じられる悲惨な出来事ではなく、もっと身近な七瀬兄弟のことでいっぱいになった。

コロチュ＝殺す。

もうそれは間違いないことのように思える。二歳や三歳の幼児に明確な殺意などあるはずがなく、とすると、七瀬兄弟があんな物騒なことを口走るのには別の理由があるはずだ。

やはり、家庭、ということなのだろうか。パパが優しくて、しっかりしていても、ママが常に近くにいないとだめなのだろうか。

もう竜太だけが抱え込む問題じゃない。大沢に話して昼礼の時に園長にも相談してもらおう。とにかく、家庭でどうなっているのか、両親も交えて話し合った方がいいのだ。でも、それで何かが変わるだろうか。竜太の立場で、晶ちゃんたちをどんなふうに守ってあげられるだろうか。

ベッドの上で堅く目を閉じていても、コロチュ、コロチュ、と耳元で何度も晶ちゃんの声がささやいた。


翌朝は遅番で、なのに少し寝坊して、慌てて園に駆け込んだ。職員の通用口から直接二階へと向かう階段を上る途中、強烈な泣き声が耳を突き刺した。

竜太は思わず足を止めた。泣き声自体、別に珍しくない。でも、なにか変だ。赤ちゃんのような声と、かなり年長の声が混ざり合っていて、どんな状況で、誰が泣いているのか、判断しにくかった。

声は、一階と二階の両方から、盛大に聞こえてくる。二階の乳児クラスと、一階の幼児クラスの両方で、ちょっとしたトラブルが起こっていることになる。

竜太の持ち場は二階だ。だから足早に階段を上がり、転落防止柵の向こう側に体を滑り込ませた。

廊下の先のロビーで、めだか組とひよこ組二つのクラスの子供と保育士が立ちつくしていた。激しく泣いているのは、ひよこ組の女の子だ。秋月に抱っこされて、頬をぴとっと肩に押しつけながら、全身を痙攣させるみたいな大声を出していた。声があまりに大きいものだから、つられて泣き出している子供もいた。泣き声の不協和音。もう慣れてきたとはいえ、それだけで心が痛くて、おろおろしてしまう部分が竜太にはある。

久保がかがみ込んで目をのぞき込んでいるのは、晶ちゃんだった。

「どうしたんですか」と竜太は歩み寄って言った。

「晶ちゃんが噛みついたの」と久保。

「何か言いましたか」

「聞いていなかったわ」

晶ちゃんは竜太を見て、微笑んだ。そして、唇をゆっくり動かして、

「コ・ロ・チュ」と言った。

それも最高の笑顔と一緒に。

竜太と久保は目を見合わせる。

姿が見えなかった大沢が、階段を上がってやってきた。

「いったい、どうなってるんだか……下も大変なことになってる。田村先生、下に行ってくれないか」

「どうしたんですか」

「行けば分かるから。とにかく、きみの力が必要なんだ。ここは任せてくれればいいから」

竜太は言われるままに階段を下りた。ここだって大変なのに下に行けだなんて釈然とせず、でも、吹き抜けの「光の廊下」を進むうちに、園庭から聞こえてくる声にただならぬものを感じ取った。

「ころすー」

「ころすぞ、おらぁ」

「ころしてやるー」

声は明らかに年長の子供だ。晶ちゃんのお兄ちゃんの光ちゃんではありえない。子供ながらにはっきりとした意志があって、その意志の中にきちんと悪意をしのばせている、まさにそんなかんじなのだ。

一階テラスに出るとすぐに声の主は分かった。年長のひまわり組とチューリップ組の男の子数人だ。竜太が一階に下りるたびにめざとく見つけて体当たりを食らわせてくるような、体力の有り余っている子たち。はしゃぎ回って無邪気な装いでも、「コロス」という音が頻繁に繰り返されるだけで、あたりは殺伐としてくる。テレビの戦隊もので怪人の手下が大挙してあらわれた時の様子を竜太は連想した。

園庭の中央に、呆然と立ちつくしているルミの姿があった。その足もとには、光ちゃん。晶ちゃんの一つ上の兄だけれど、大きいお兄さんたちの前では、まだまだ赤ちゃんぽく見える。

光ちゃんも「コロチュ、コロチュ」と声をあげて、その場でぴょんぴょん跳ねていた。

なるほど、と思う。光ちゃんの口癖や行動を、年長の悪ガキたちが面白がって真似して遊んでいるのだ。

でも、「殺す」と口にしたとたん、単なる真似であっても、それだけじゃ済まないもっと深刻なものに変化してしまう気がする。現に今この場は、竜太の短い保育園勤務の中で、一番すさんだものだった。

走り回っている子供たちが、女の子や小さい子の前に立って、またも「ころす！」と叫んだ。そして、次々に抱きしめ、相撲の鯖折りみたいに体重をかけて押し倒そうする。

先生たちはどうしたんだろう。なぜ止めないんだろうか。

いぶかしく思ったけれど、すぐに分かった。みんな手一杯なのだ。この騒ぎはさっきから続いているわけで、そのせいで泣いたり、おびえたりしている子はたくさんいて、その子たちにつきっきりになっているのだ。さすがに新しく泣き出した子のところにはすぐに先生が飛んでいく。でも、きりがない。元を絶たなきゃだめだ。

「やめなさい！」と細く震える声が響いた。

ルミが思い詰めた表情で声を張り上げているのだった。

でも、みんな無視して、走り回る。

「やめて、みんな、やめて」

感情の高ぶりがそのまま声に出て、竜太にはルミがその場で崩れ落ちてしまうのではないかと思えた。

「お願いだから、やめて！」

光ちゃんが、ルミの足にしがみついた。

「コロチュー」とうれしそうに言う。

竜太は思わず、走った。上履きのまま園庭に出て、光ちゃんの前まで一気に進んだ。

「コロチュゾー」今度は光ちゃんは竜太を見ていた。

「ぼくは死なないよ！」

竜太の声は自然に大きなものになっている。

自分の中で形のない感情の固まりが大きく育っていくのが分かった。

「誰も殺したりしちゃいけないんだ。冗談でも殺すなんて言っちゃいけないんだ」

きょとん、とした光ちゃんの顔。何を言われてるんだろう、とでもいうように。

「でも、コロチュんだよ。コロチュんだよ」

「光ちゃん、コロチュはだめなの。絶対にだめなの！」

すると光ちゃんがにわかに涙目になって、大きな泣き声をあげた。

「それでも、絶対にだめなの」

竜太は自分でもびっくりするほど意地になっていて、低く強い声で繰り返した。そして、ルミに光ちゃんを預けてしまうと、今度は園庭の中央で走り回っている年長の子供たちを見た。

「ころすぞー」とはやしたてられて、竜太の意識がすーっと冷えた。腹の底から、うなりにも似た声を絞り出す。

「殺すなんて言っちゃだめなんだ」

声の抑揚で、園庭がしんと静まりかえった。

「きみたちは誰も殺したり、殺されたりしちゃいけないんだ」

言い切ると、しばらく誰も話さなかった。風の音がさわさわと響いてきたくらいだ。

でも、静けさは長くは続かない。「ころすぞー」と一人の子が突進してきた。竜太はそれをがっしりと受け止めた。その子がもがいても許さなかった。感情の高まりの分だけ、大きく、優しく、けれど強く抱きしめて、耳元でささやいた。

「殺す、なんて言っちゃだめなんだ。ぜったいにだめなんだ」

頭の中ではいろいろなイメージが一挙に噴出した。

イラクで爆弾の破片を腹に受けて死んだ子供。母親にニグレクトされて食べ物がいっぱい入った冷蔵庫の前で餓死した男の子。通り魔に柔らかな首を裂かれて死んだ女の子。

殺されちゃだめだ。殺しちゃだめだ。

きみたちは宝物なんだ。

ゼッタイニダメダ。

竜太はひときわ強く言った。

抱きしめられていた子が、暴れるのをやめた。大きな目を開いて竜太を見ている。言われていることがよく分からないのかもしれないけれど、でも、だめってことは伝わっていると確信する。

「みんな来なさい」と言ったら、次々と竜太のもとにやってきた。もともと、竜太はこの子たちには、人気がある。多少、荒っぽくぶつかっていっても流してくれる存在として、むしろ、体格でのみ評価されていたのだとしても。

ああ、そうかと思う。大沢が竜太に行かせたがったのは、そういうわけなのだ。

竜太は子供たちを、まとめて抱きかかえた。大きく、優しく、強く。そして、今度は落ち着いて言った。

「いいかい、殺すなんて言っちゃだめなんだ。ぜったいにだめなんだ。きみたちは殺しても、殺されてもだめなんだ。ぜったいぜったい、だめなんだ」

神妙に聞いていたのはつかの間で、すぐにみんな体をよじる。

竜太は腕をほどいて解放した。また歓声があがり、走り回る。なんらさっきとは変わらない光景だった。でも、通じたと信じたかった。事実、もう誰も「殺す」とは言わなかった。

竜太はルミと視線を交わした。

そして、何も言わずに自分の持ち場である二階に上がった。こっちはもうとっくに落ち着いていてすべてが平常に戻っていた。それでも竜太は心配で、晶ちゃんがロッカーの前で遊んでいるのに近づいてしゃがみ込んだ。さっき園庭でしたのと同じように抱き寄せた。

「コロチュはだめだよ。だめなんだよ」

最初はきょとんとしてなんのことか分からないらしい。

「絶対に、コロチュなんて言っちゃだめなんだ」竜太は強く言った。

晶ちゃんはとたんに不安げに顔を曇らせた。今にも泣きそうになって、身をよじる。

え？　と思った。どうしてこれくらいのことで、泣きそうになるんだろう。いつもニコニコの安定した子供のはずなのに。

思わず、晶ちゃんの体から手を離した。すぐに久保のいる方へと走っていった。

肩をたたかれて見上げると、おんぶに抱っこの秋月が立っていた。

「なかなか鮮やかだったじゃないか。全部、テラスから見てたよ。きみってもさっとしてるのに、時々は機敏に動くんだなあ」

真意が分からずに、顔をまじまじと見た。

「きょうはきみのマッチョな部分の勝利だ。あの悪ガキたちに、きみは一目置かれてるし、『殺すな』ってきみが言うと、誰よりも説得力があったんだろうな」

秋月は言葉を切って、くすっと口元で笑った。

そんなこと言われたって、分からないよ。言い返そうと、口をとがらせつつ、「晶ちゃんのパパってどうなんだろう」と言ってみた。

我ながら意味の通らない発言だと思って、「ほら、優しいパパなのに強い、でしょう。ああいうのは理想だと思うのだけど、きょうみたいなことがあると分からなくなる」と付け加えた。

晶ちゃんも、光ちゃんも、思っていたほど安定した子じゃない。笑顔の裏に翳りを感じることがある。噛んでしまったり、手が出てしまったりしたわけだし。

秋月は、口をへの字にして、ふうんとうなった。

「そうか、そういう考えもあるな。たしかに晶ちゃんパパはすごくがんばってるらしい。それは間違いないんだろうけど……。そう、離婚が成立しそうだって——」

「え？」と聞き返すまもなく、遠くから「秋月せんせーい」と声がした。

秋月は耳聡い。担任の竜太ですら知らないのに、そんな噂どこで聞きつけてくるのか。やっぱり、家庭のことについて、話を聞かなければ、と強く思った。

夕方、晶ちゃんを迎えに来たのは、シッターさんで、両親とも出張だと言った。家ではシッターさんが眠るまで面倒を見て、あとは体の弱い祖母が添い寝をするのだそうだ。連絡帳を両親が見るのは数日後になるだろう、ということだった。

園長や大沢と相談した結果、ぜひ七瀬兄弟のご両親と話し合った方がよいということになり、連絡帳にはそのことが書いてある。「コロチュ」のことはあえて触れず、「最近、光ちゃんも晶ちゃんも、園でほかのオトモダチとトラブルになることが繰り返してあり、それについて少し相談に乗っていただきたい」と。

「お誕生会の日ですかね」と竜太は久保に言った。

「そうね、お誕生会の時、ご両親とも揃うんだったのよね。その後で時間をとってもらいましょうか」

5

午前十時きっかりに音楽が鳴ると、ルミがお芝居の役である「不思議の国のアリス」の衣装で、ホールに登場した。竜太と秋月は出番が後なので、物陰からそれを見ていた。

零歳児をのぞいて一歳児から五歳児クラスまで全員が、舞台をぐるりと囲む形で並んでいる。みんな目が輝いていて、それを見ているだけで竜太は穏やかな気分になれた。

ルミが少し緊張して前口上を述べるのを聞きながら、竜太は一番後ろの方に座っている保護者たちの顔ぶれを見た。晶ちゃんの両親はちゃんと来てくれているだろうか。

すぐに竜太は柔和な笑顔を見つけた。晶ちゃんのパパはちょうどペンギン組さんの背後の椅子に腰掛けている。ママは……たぶん来ていない。晶ちゃんパパの両側は、竜太も顔を見たことがある別のクラスの子のママだ。

竜太はがっかりして、ため息をついた。たぶんこの後、パパとは話ができると思うけれど、ママはやはりだめなのだ。離婚がどうしたとか、保育士が口を差し挟む問題ではないとはいえ、やっぱりママも同席してくれた方が、問題のありかがはっきり分かると思うのだけれど……。

ルミは今月誕生日の子供、六人を一人一人呼び出して、「これから誕生月の子だけが招待される不思議の国へ行こう！」と呼びかけた。ちなみに、その中には晶ちゃんも含めて、めだか組が二人いるので、久保にうさぎに扮してもらい付き添ってもらった。めだか組さんたちは、最年少だから、人前に出るとすごく緊張してしまうのだ。晶ちゃんは久保うさぎと、同じ月生まれのお兄さんである光ちゃんに両方の手を握ってもらい、うれしそうだった。

一行が不思議の国へと出発したところで、竜太の出番だった。黒服に黒マント、さらに黒マスクを身にまとった怪人になりきって、「不思議の国になんか行かずに、もっと楽しいところへ行こう」と誘う。

「いやーだよ」と子供が言うと、「ぜったいこっちの方が面白いからおいで」と甘い声を出した。

「こっちに来れば、もうおうちに帰りたくなくなるくらい楽しいことがいっぱいだぞぉ」

アリスがちょっと心惹かれて、「どれくらい楽しいのかしら」と聞くと、その瞬間に強い魔法にかかってしまい怪人に引き寄せられてしまった。

「ははは、みんな、この子は今からわたしの家来になってもらうぞ。みんな、知らない人に話しかけられても、ついて行っちゃだめだと教えられなかったのかな、ははは」と怪人は去っていく。魔法で家来にされてしまったアリスも一緒だ。

そこに登場するのが、白いちょうちんブルマをつけた王子さまルックの秋月だった。王子はこのあたりでよい子をさらっている怪人をやっつけるために旅をしているのだと言った。子供たちとうさぎから話を聞いた王子は、すぐに怪人の後を追いかける。

王子の追跡は的確で、ほどなく怪人を追いつめた。剣を抜いて戦う王子。でも、怪人は強い。アリスを取り返すことができないばかりか、自分も魔法にかかって動けなくされてしまう。

「はははは、わたしに力で勝てるものはいないのだ」と怪人は言う。「どうだ次はうさぎを家来にしてやろう。魔法にかかるがいい」

久保が扮するうさぎが、うっうっ、と苦しそうな声をあげながら怪人の方に進んだ。

「ほら、こっちにおいで、みんなわたしの家来になるのだ。ははは」

この時、アリスと王子さまの声がスピーカーから聞こえてくる。

その、はずだった。

二人とも怪人に魔法をかけられているけれど、心の中までは変えられておらず、そこでテレパシーを使ってみんなに話しかける、という設定だ。

でも、結局、テープに録音された二人の声は、再生されなかった。

裏方で音楽を担当してくれている別の保育士が再生ボタンを押すより早く、大きな声が響いたのだ。

「コロチュ！」

「コロチュゾー」

晶ちゃんがよたよたと走り、怪人の足もとにうずくまる久保うさぎにしがみついた。まるで抱きしめるみたいな動作だ。

そして、「コロチュ、コロチュ」と言いながら、怪人である竜太を見る。

「晶ちゃん！」

竜太が叫ぶと、右足に強い衝撃を覚えた。

光ちゃんがズボンにしがみついていた。小さな体を全部預けて、竜太を押し倒そうとする。

ああ、そうか、と思った。

光ちゃんはルミを、晶ちゃんは久保を、それぞれ守ろうとしているのだ。

「コロチュー、カイジン、コロチュー」

物騒な言葉。響きはそのままなのに、今この瞬間は、久保やルミへの愛情表現に聞こえる。殺すことが、愛情表現なんて、おぞましいと思い、でも、必死になっている二人がかわいらしいと感じた瞬間、足の力がへなっと抜けた。

竜太は床に倒れ込み、頭を打った。

目の上のあたりが熱くなって、意識が朦朧とした。

誰かの泣き声が遠くで聞こえていた。そうだ、晶ちゃんだ。いや、光ちゃんも。よく似た泣き声の二重唱。どうしたんだろう。倒れたのは竜太だ。いや、どちらかが一緒に倒れてゴチンしてしまったのだろうか。晶ちゃんパパが席から立ち上がって近づいてくるのが分かった。目には激しい怒りの色が浮かんでいた。お父さん、大丈夫ですから。落ち着いてください。本当に大丈夫ですから。竜太は口をもごもご動かしながら立ち上がろうとして、もう一度、倒れた。今度は視界が真っ白になって何も見えなくなった。


「おまえたちは、力では勝てないのだ」と怪人は言う。

「なぜ、あなたは子供をさらうの」とアリス。

「さては、トモダチがいないからだな」と王子。

「トモダチなんかいらないのだ。家来がいればいいのだ」

「分かったわ」とうさぎが大声をあげる。「怪人はこんなこと言っているけど、本当は寂しがり屋なのよ。みんな、怪人に勝つための方法が分かったわ。力では勝てなくても、みんなはもっと強いのよ」

　子供たちは、怪人に「あそーぼー」と呼びかける。一緒に不思議の国へ行こう。それで、みんなで楽しく遊ぼう。

　力では勝てない。

　でも、この世にはもっと強い力がある。

　だから、子供たちは強い。

　心を開いた怪人は、みんなと一緒に不思議の国へ行くことに決める。もちろん、アリスと王子とうさぎも一緒。

　不思議の国に到着。

　それは実はこの桜川保育園のことだった。オトモダチがたくさんいるみんなの保育園のことだった。

拍手。子供たちの輝きに満ちた目。

ちょっときれいにまとまりすぎかなあと思ったけれど、秋月のシナリオはコンパクトで過不足なく竜太とルミが考えたことも盛り込まれていて、竜太はとても気に入っていた。

子供たちにも受け入れられたのはすごくうれしくて、竜太は怪人の扮装のまま顔をくしゃくしゃにして笑った……。


「殺してやる、ぜったいに殺してやるからな」と声がする。

それで竜太は、しあわせな夢の世界から引きずり戻された。気が遠くなって、ぼんやりとお芝居の続きを演じているつもりになっていた。

「田村センセイ、死んじゃった？」

「死んだの」

「死なないでぇ」

子供たちの声が聞こえ、意識の輪郭がくっきりする。

「大丈夫、死なないよ。ぼくは死なない」と言って上半身を起こした。

気を失っていたのは、たぶん一分にも満たない。

心配そうな子供たちが、竜太の目をのぞき込んでくる。その中にはこの前、園庭で「殺すぞー」とはやし立てていた子供たちもいた。

「ぼくは死なない。きみたちは殺さないし、殺されないんだ」竜太は早口で口走った。少し舌がもつれた。

「殺してやる」とまた不穏な声が聞こえた。

幼児ではなく、れっきとした大人の声。

振り向くと、晶ちゃんと光ちゃんがパパの両腕に抱かれていた。光ちゃんの背後には園付きの看護師がいて、頭を濡れタオルで冷やしていた。やはり光ちゃんは竜太と一緒に倒れてゴチンした、ということか。

「いいか、光も、晶も、怖がることはないんだ」パパの背中は優しげで、口調も柔らかだ。「どんな悪い奴がいて、光か晶を傷つけるようなことがあったら、パパがそいつを殺してやる。絶対に殺してやる。きみたちは、怖がらなくていいんだ。分かっているね」

竜太ははっとした。

結局、こういうことだったのか。

父親と、二人の息子。母親が不在がちな夜、事情は分からないけれど離婚へと向かって事が進みつつあることを意識しながら、父は二人に毎晩そう言い聞かせたんじゃないだろうか。たった一人で彼らを守る存在として、思い詰めてしまったんではないだろうか。

「コロチュ」は、二人にとって愛情の証だった。意味なんて関係なくて、ただ音として、二人を祝福するものだったのだ。蟻を殺した晶ちゃんは虫が嫌いな久保を守りたかったのだし、オトモダチに「技」をかけてしまった光ちゃんも、単に抱きついて大好きだって気持ちを伝えたかっただけなんだ。

頭がくらくらするけれど、同時に胸がじんじんする。

竜太はなんとか立ち上がって三人の方向に近づき、「お父さん」と呼びかけた。

「殺さなくたっていいんです。子供を守るために誰かを殺さなきゃならないような世の中なんて、間違ってます」

それだけ言うと、竜太はへなりとしゃがみ込んだ。

イラクで子供を失った父親は、ジョージ・ブッシュを殺したいと思っただろうか。直接自分自身の手で殺したいと思っただろうか。

竜太には分かる。時折、体の中に強い力の感覚がある。この手で愛する者を守ることができるなら、自分自身の手で通り魔や虐待者をぶっとばしてやりたいような憤りを感じ、実際にそれをしてしまう自分すらイメージできる。

でも、それって、愛情なのだろうか。晶ちゃんのパパは正しいのだろうか。ぼくは自分の中の荒々しい部分をどうすればいいんだろうか。ふとそう考えるとまた気が遠くなった。

支えてくれているのは王子さまルックの秋月だった。ファンシー・アリスのルミが横からのぞいていた。

「田村先生、今は休んでなさい」久保うさぎが言った。「今から、わたしと園長で、お父さんと話すから、田村先生は休んでいて」

絶妙な抑揚で、そうしなければならないような気分にさせられる。

久保先生にはかなわないなあと思い、そう思った瞬間に竜太は目を閉じた。

4. ナウなヤングの王子ちゃま

1

保育園に勤め始めてから、よく言われることが二つ。

「え、男の保母さんなわけ」という驚きをぶつけてくるのが第一で、これはたしかに現在でも男性保育士の数は少ないから驚かれても仕方ないのだが、かといってこういう言われようが心地よいわけもなく、とりあえず「男女関係なく、その人なりの個性を生かしてできるやりがいのある仕事だよ」と応えることにしている。

もうひとつは「いいなあ、夏休みがあって」というものだが、こっちは完全な誤解なのであり、保育園と幼稚園を混同しているわけだ。保育園とは、そもそも「保育に欠ける」家庭の子供のために存在する。ということは、親が働いている以上、必ず保育園も開けなければならず、正月はともかく、そのほかにはお盆も含めてまとまった休みはない。

というわけで、秋月康平は世間がお盆休みに突入した猛暑の月曜日、両親がこの時期も働いている子供を預かるために、特別編成クラス担当として遅番で登園した。持ち場である二階に上がっていくとさすがに閑散としたもので、康平の担任である零歳児クラスのひよこ組のほふく室は照明が落とされたままになっていた。

隣の一歳児クラスめだか組に乳児が全員集合しているのだが、全員とはいってもわずか二人だけだった。ひよこ組の千夏ちゃんと、めだか組のあきちゃん。

ひよこ組の担当児でもある千夏ちゃんが最初に康平を見つけ、だーっと訳の分からない声をあげつつ、腰を浮かせた高はいはいでやってきた。それに負けじとあきちゃんがよちよちペンギン・ウォークで進み、康平のジーンズにしがみついた。二人ともまだ「赤ちゃん」と言われてもおかしくない年齢だけれど、艶っぽさのある愛嬌は女の子なんだなあと思わせるものだった。

「おはようございます」と、ちょっとなまりのある抑揚で早番の渡嘉敷が言い、「結局、二人ですよ」と付け加えた。彼女はもう髪に白いものが混じっており、園でも上から数えた方が早いほどのベテランなのだが、誰に対しても馬鹿丁寧なおっとりとした言葉で話しかける。豊かな体格と間延びした雰囲気が乳児向きというかんじがするから、まさにこのクラスの担任はうってつけだ。

「春菜ちゃんは夏風邪で、裕紀ちゃんは、ママがお休みになったそうですからね。ま、のんびりいきますよ」

康平は小さくため息をついた。

渡嘉敷が「のんびり」というとそれは本当にのんびり、ということだ。康平とはリズムが違うから結局、康平がひとりできりきりと動き回り、渡嘉敷は泰然自若というのが目に見えている。

「ですからね、秋月さんは、一階の方にまわってくださってけっこうですよ。一階は急に人数が増えたらしくて、大変みたいなんですよ。わたしたちはのんびりやりますし、何かあったら呼びますからね。ナウなヤングたちとじっくり遊んできてください」

「分かりました」と言いつつ、「ナウなヤング」という言葉が耳に残った。渡嘉敷は「レッツラゴー」とか「ガチョーン」とか実に古い言葉をてらいもなく使う。「ナウなヤング」もそのひとつだが、言い得て妙で変な説得力があった。実際、二階の乳児も一階の幼児も、本当に今を目一杯生きる若々しい力のかたまりだと康平は思う。

康平が背を向けると、千夏ちゃんとあきちゃんが、またも足にまとわりついてきた。千夏ちゃんはもちろん、あきちゃんも言葉がまだ達者ではないから、まーっ、とか、だーっとか言いつつ、愛想を振りまいて引き留め工作に力を注いでいるのである。

「あはは、秋月さんは人気ですからねぇ」と渡嘉敷が笑い、最近、二階で大ヒットしている「かっぱなにさま」のCDをかけて、やっと二人を引き離した。

一階に下りると、二歳児から五歳児までの全クラスの子供がたんぽぽ組に集められて遊んでいた。普段とは違うクラス構成だから、なんとなく落ち着きがなくて、空気が浮ついているのが分かった。

トラブルメイカーになりがちなひまわり組の腕白な男の子二人をケアしているのは、同期の中島ルミだ。田村がいればああいう子たちのあしらいがうまいのだが、今は自分がルミから引き継いだ方がいいかもしれない。と思って足を踏み出したところ、いきなりまたもジーンズに飛びついてこられた。

「王子ちゃまー」とこっちを見上げているのは、こちらもひまわり組の冬華ちゃんと、みはるちゃんの仲良しコンビだった。

「王子ちゃまは、こっち。一緒に遊ぼ」

ジーンズを引いて強引に自分たちの遊びの場へ誘い込む。

それがなんと、おままごと、なのである。幼児クラスの女の子にとっては、永遠の定番といってもいい。

でも、この場はちょっと変則というか、複雑なものだった。冬華ちゃんとみはるちゃんの二人がそれぞれ「お母さん」の役を演じており、子供たちは、ペンギン組やチューリップ組の小さな子たちで、母二人と子供たくさんの複合家族、ということになっている。

こういう場合、康平の役割は自ずと決まってしまう。二人は声を揃えて言った。

「じゃ、王子ちゃまは、だれとケッコンする?」

二人はどことなく似ていて、康平は時々、間違えることがある。冬華ちゃんはママの趣味なのかレトロな三つ編みを垂らした古風な美人で、一方、みはるちゃんは目が大きくて白目と黒目のコントラストが印象的な不思議な魅力の持ち主だから、ルックスはかなり違う。にもかかわらず、とにかく似ているという感覚があり、二人に同時に強い目で見つめられると不可解な気持ちと一緒にどぎまぎしてしまった。

「王子ちゃま!」二人がまたも声を揃えて催促した。

「その王子ちゃまっての、やめない?」と康平。

五月に誕生会の寸劇で、王子さま役で出演して以来なのだが、何人かの女の子にそう呼ばれている。

「先生は、なんか恥ずかしいな」

「だめー」と二人が即座に返す。

「だって、王子ちゃまは王子ちゃまだから」と冬華ちゃん。

「王子ちゃまっていうのは、プリンスなんだよ。プリンスはね、いつも格好いいんだよ」みはるちゃんは、康平のジーンズを引っ張ったまま、ぴょんぴょん跳ねた。

「それで、王子ちゃまは、どっちとケッコンするの」と冬華ちゃん。

「うーん、難しいなあ。どっちもかわいいからなあ」

「じゃ、最初に冬華ちゃんとケッコンして、次にあたしとすればいいね」とみはるちゃんが玉虫色の解決策を提案し、結局はそのようになった。

「ただいまー」と康平が言い、「あなたー、お風呂にする？　ご飯にする？」とあまりにも古典的なセリフを冬華ちゃんが返し、思わず笑ってしまいそうになりつつも、そこはかとなく不愉快な感情がのど元に突き上げた。「会社から帰ってきた夫」をあたりまえのように演じるのは気乗りしないのだ。

とはいえこの子たちに、「男と女の役割分担ってもっとフレキシブルであるべきだと思うんだよね。だってきみたちはナウなヤングなんだから、古い価値観に縛られるべきじゃないよ」なんて言っても仕方ない。だからちょっと工夫して、「今度は、冬華ちゃんがお仕事に行ったら？ぼくがご飯を作って待ってるよ」と話を向けてみるのだが、それには乗ってきてくれなかった。

「いいよ、冬華がご飯作って待ってるから。冬華はそうしたいんだよ」とかたくなに言う。

「だって、冬華ちゃんのママだっておつとめしてるでしょう。いつもご飯を作って待ってるわけにもいかないんじゃないかな」

「でも、ママはあんまり働きたくないんだって。タマノコシがよかったんだって」

「そう、タマノコシってすごいんだよ。自分が好きなことだけしてていいんだって」横からみはるちゃんが口を挟んだ。

「だから、王子ちゃま、お風呂が先？　ご飯が先？」

はあ、とため息をついた時、壁掛けのインターフォンが大きな音で鳴った。素早くとったルミが康平を見た。

「秋月先生、トカ先生が上がってきてほしいそうですぅ」ちょっと舌足らずな発音で言う。

「ごめんね。二階の赤ちゃんたちが呼んでるみたいだ」と言って、康平は不満そうな冬華ちゃんとみはるちゃんの頭を撫でた。

足早に階段を上がると、二階ではたしかにあきちゃんがちょっとぐずりぎみで、おまけに千夏ちゃんがうんちをしたらしく大声で泣いており、それでも渡嘉敷は泰然自若とした自分のペースを乱すことなく淡々とおむつを替えていた。

千夏ちゃんが康平に気づいて両手をさしのべたので、康平は一歩近づいて渡嘉敷からお尻を拭く濡れタオルを受け取った。もううんちそのものの処理は終わっていて、あとはきれいに清めてあげるだけの状態だった。

康平はこの作業をするたびに厳粛な気持ちになった。子供のおむつを替える作業、それも、紙おむつじゃなくて、園で使っているような古式ゆかしい布おむつを取り替えるのは、たぶん日本の男性にとって最前線の行為であって、康平はいつでも最前線にいる感覚が好きだった。実際問題としては、男の子のおむつを替えるのはそれほどではないのだが、女の子だととりわけそんな気分になった。性的に未成熟とはいえいちおう生々しい性器の存在と、そのためにうんちを拭き取る時には必ず前から後ろに手を動かさなければならないというようなちょっとした作法もあるから、「一手間」の分、特別さが増すのかもしれなかった。

「へえ、秋月さんの手は魔法の手ですねぇ」と渡嘉敷が言った。「上手にきれいに拭きますねぇ。千夏ちゃんも安心しきってますねぇ」

たしかに千夏ちゃんはさっきまでのぐずりがすっかりおさまって、ニコニコご機嫌だ。その一方で、あきちゃんの方は渡嘉敷が遊びに誘っても、じとーっと千夏ちゃんのおむつ替えを見ている。

「あきちゃんは、秋月さんのことをじっと見てるんですよ」と渡嘉敷が続けた。

「へ」とあきちゃんを見ると、たしかにそうだった。千夏ちゃんのことを見ていると思ったのは、単に康平の手を見ていたのであり、それが今では康平の顔にぴたっと吸い付くみたいな視線になっている。

「秋月さんは、人気者ですねぇ。なにしろ、王子さまですからねぇ。秋月さんもきっとナウなヤングなんですねぇ」

「なんか居心地が悪いんですけどねぇ」

「ちょうちんブルマ、似合ってましたからねぇ。なんなら、毎日履いたらいかがですか」

「やですよ、そんな」

康平は柄にもなく顔が熱くなる。渡嘉敷にはいつもリズムを崩されがちだ。

「あはは、でもね、王子さまでいいんじゃないでしょうか。特にあきちゃんや千夏ちゃんにとって。ほら、だって、二人ともパパがいないでしょう」

康平は思わず手を止めた。

そうだったのだ。千夏ちゃんも、あきちゃんも、パパがいないのだった。

千夏ちゃんはパパが長期の海外赴任で離ればなれの生活で、あきちゃんは両親が離婚して母親側が引き取ったので完全に母子家庭だった。二人とも康平になつくのは、父親の不在が関係するのかもしれない。

もしもそれが本当なら……。

「どうかしましたか」と渡嘉敷。

「いえ、なんでも」とさりげなく返しつつ、康平はさっき一階でわずかばかり一緒に遊んだ冬華ちゃんとみはるちゃんについて考えた。あの二人は、康平が下に行くたびに近づいてきて、なにかと声をかけてくる。「王子ちゃま」と呼んだのもあの二人が最初だったような気がする。

二人のことを似ていると思う原因が分かった。思いついてみれば簡単なことだ。二人とも、すごく明るく元気で、保育士やほかの職員に積極的にかかわっていく。生来、社交的な性格なのだろうけれど、と同時に、満たされない部分が心の中にあって、それゆえに周囲とかかわらざるをえないのだとも感じられるのだ。

「ひまわり組の冬華ちゃんと、みはるちゃんですけどね、あの子たちって……」

言いかけた康平を、渡嘉敷は珍しく途中でさえぎった。

「二人ともめだか組の時はあたしが担当だったんですよ。あの頃から際だってかわいらしかったですねぇ。やはり、お父さんがいない家庭で……」

2

「ふーん、白馬の王子さまってわけね」と紗耶香は言い、その後で、大きく口を開けてアハハと笑った。紗耶香という名前からはなんとなく繊細な文学少女をイメージしてしまうが、実際には骨太の大柄な身体を持ち、歯に衣着せぬオープンな性格だ。康平は自分がどちらかというとディテールにこだわる方だと自覚しているから、彼女のおおざっぱな物言いにこれまでずいぶん助けられてきた。

紗耶香とは大学のジャズ研でバンドを組んだのがきっかけで三年生の時から付き合っている。同い年だけれど、高校時代に一年間留学しているからまだ学生で、今は就職活動で忙しい時期だ。それでも二週間に一回は顔を合わせるようにしていた。数年内には結婚するつもりなのだが、その話は今のところある理由から立ち消えになっている。

二人が待ち合わせたのは駅から少し歩いたところにあるトラットリアだった。洞穴風の空間に薄暗い間接照明の中、石釜で焼かれたカリカリのピザをほおばりながら昼間の出来事を話すうち、話題は「母子家庭」のことになっていた。

「でも、やっぱり保育園だとそういう家庭多いんだね」

「昔ほどじゃないみたいなんだけどね、たぶん、相対的には多いのだろうね。同僚のベテランによれば、昔は二、三人に一人が母子家庭の子って時代があったそうだよ」

渡嘉敷と二人の子供と、文字通りのんびりした昼下がりを過ごしながら教えてもらった昔話だった。

「でもね、今この瞬間、ぼくが思いつく限りでは、うちの園には母子家庭の子って十人もいない。ぼくはその子たちになつかれているような実感があるわけなんだ」

「例のガタイのいい田村さんとかいう人はどうなの」

田村竜太は、康平にとって唯一の男性の同僚であり、かつ、同期なわけだから、紗耶香にもしょっちゅう話をしている。紗耶香は竜太のちょっと抜けた感じの奮闘ぶりを密かに気にかけているフシもあって、ことあるごとに「新ネタ」を求めてきた。

「田村は違うんだよなあ。むしろ男の子に人気があるというか。母子家庭の子もなついてるけど、ほかの悪ガキたちもなついてる。最近、エネルギーの余った子供とちゃんと対峙してあげる大人って少ないからかもね」

「ふーん」と紗耶香は宙を見上げて言った。

「じゃあさ、康平の立場って意外と重要じゃん」

「どうして」

「だって、母子家庭の女の子って、身近に男性がいないんだから、父親の役割を外に求めるわけでしょう」

まじまじと紗耶香の顔を見て、それから視線を宙に漂わせた。

昔、保父って言葉もあったくらいで、男性保育士は「パパの代わり」という考えもある。康平自身、今は女性でも男性でも個々の保育士なりに個性を発揮できればいいと考えているから、この単純な事実を過小評価していたのかもしれなかった。

「どうしちゃったの。なんかガーンって顔してるね」と紗耶香。

康平は何も答えずに、まだ宙を見つめていた。

「去年、児童心理学の単位を取ったんだけど、女の子がどんな父親像を受け入れて育つかってすごく重要らしいよ。ほら、よく言われることだけど、父親の家庭内暴力にさらされて育った女の子って、将来やっぱりＤＶに走る男と付き合ったり、結婚したりしちゃいがちだって。責任重大ってのはそういう意味。康平が、良かれ悪しかれ、期待すべきパートナー像のある部分を創っちゃうわけだから」

「ううっ」と康平はうなった。言葉が詰まって出てこなくなった。たしかに、ちょっとぞっとしてしまうくらい責任重大だったし、なによりも園に赴任してからの四カ月そこそこの間の自分の振る舞いが果たしてよいものだったのかどうか自信がなくなった。

「康平の弱点」と紗耶香が言った。「たいていのことは考え抜いて、なんでもそつなくこなすのに、たまに自分では気づかなかった死角をつかれると頭がフリーズする」

それはまったく本当のことなのだった。


紗耶香はとても反応がいいから、どんなに疲れていても康平はその気にさせられてしまうし、終わった後にも充実感がある。大学時代の前半、かなり多くの女の子と寝て、行為自体には飽きがきて、そんな時に紗耶香とセックスを何度かしたら、肌が合うというのはこういうことなのかという発見があった。

自分の部屋のベッドの上で、終わった後、そんなことをぼそっと口に出してみた。すると、紗耶香は唇を突き出した。

「でも、康平は今は若い女の子たちに夢中だものね。白馬の王子さまはよりどりみどりなわけよ」

「そうだな。ケッコンを何人にも申し込まれて、ついその気になっちゃうから、重婚に気をつけないと」

「ロリコンになっちゃ嫌だよ」

などとふざけてから、紗耶香はシャワーを浴びに行った。

康平はそのままベッドの上でエアコンの風に当たり、汗を落ち着かせつつ、やはり思考は例のところに戻っていく。

心に刻印される父親のイメージ。

将来のパートナー選びすら左右する、心の中の基本的な男性像。

千夏ちゃん、あきちゃん、冬華ちゃん、みはるちゃん。あの子たちに対して、ぼくはどんなふうに振る舞えばいいのだろうか。それって、保育士として、というか、むしろ、人生の先輩として、彼女たちへの強いメッセージでもあるわけで、ゆめゆめおろそかにはできない。

でも、分からないのだ。

自分が彼女たちに伝えたい、「かくあるべき父親」「理想のパートナー」ってどんなものだろうと考えても、なんにも浮かんでこなかった。

「うちの父親がね、やっぱり康平には会いたくないって」

さりげない言葉は体にタオルを巻き付けた紗耶香が発したもので、そのさりげなさのために康平はしばらく意味を理解できなかった。

「まったく白馬の王子さまは、困ったもんだわ。育ちがよろしいのか、ぼんやりしちゃって」

今度はいたずらっぽい言い方だが、どこかに不満を忍ばせている。

「悪い。ちょっと考え事してた」

「どんな王子さまであればいいのかって、考えあぐねているんでしょう」

「ま、そんなとこ。で、やっぱり父さんは認めてくれないってこと？」

「そうね。康平の仕事がネックなのは相変わらず」

大学時代には、鎌倉の紗耶香の実家には何度も遊びに行ったことがあったし、両親にも気に入られている自信があった。結婚の話もちらほら出ていた。ところが、康平が保育園勤務を決めた時、紗耶香の父親は「なんでそんな仕事を」と拒否反応を示した。康平は言葉を尽くして、これからは男も女も関係なく子育てにかかわる時代だから男の保育士が増えることに意義があるのだと説明したけれど、納得してはもらえなかった。そのうち、父親の方もいろいろ調べてきて「保育士の給与体系は短大卒や専門学校卒の女性をモデルにしてあるから、大卒でもたいした稼ぎにはならないらしいじゃないか」などと、痛いところをついてくるようになり、康平はとうとう対話をあきらめたのだった。

「花火大会の時に康平に来てもらって、さりげなくよりを戻すっていい考えだと思ったんだけどなあ」と紗耶香。

「でも、来るなというなら、行けないいな」

よ」


「そういうとこ、そっくり」

「え？」

「意志の強さというか、強情なとこというか、康平はうちのパパにそっくりなわけ。あたしはパパのそういうとこ好きってわけじゃないけど、結果的に似た男性に惹かれるってのは本当なのよ」

康平はため息をついた。結局、すべてこの話につながっていく。

3

紗耶香は早朝の空いた電車でいったん自分の部屋に戻ってから出かけるという。

「デートなのよ」とあっけらかんと言うのはいつものことで、きょうは就活中に仲良くなった奴と情報交換も兼ねてランチを食べるのだそうだった。

「別に妬かないよね。康平は小さなお姫さまたちとラブラブだよね」

彼女が行ってしまうと、康平はユニットバスでシャワーを浴び、鏡とにらめっこした。

髭は濃い方ではないが、シェイヴィングクリームを使って丹念に剃る。首のあたりの剃り残しが長く伸びているのに気づいて、毛抜きで引っこ抜いた。すると今度は眉が気になりだして、これも丁寧に抜いてすっきりしたラインに整えた。マウスウォッシュでくちゅくちゅやった後、この季節には少し気になるワキガ対策にシュッとスプレーを一吹き。

園での服装は動きやすさ第一なので、ジーンズとTシャツというのが基本になる。このところ着回しているユニクロのキース・ヘリングのやつに袖を通そうとしてためらった。安いから仕事にはもってこいで、保育士の職場にこれほど合ったものはないのだけれど、気合いを入れるにはこれじゃだめという気もする。

衣装の整理棚を開けて、去年のロックフェスで買ったお気に入りのバンドのカットソーをひっぱりだした。きれいなピンク色で不思議の国から飛び出してきたような、ユーモラスな笑い顔の猫が描かれている。

これなら合格ライン。

康平は一人でうなずいて、薄手の黒いカットソーの上に重ね着した。

食事も適当に切り上げていそいそと園へと急ぐ。その途中でも、相変わらず康平の頭の中では、きのうのことが引っかかっていた。

康平は「男、女、という区別に関係なく、自分の個性を表現できればよい」と考える。でも、今回に限ってはそれが通じない。無理矢理ままごとに引き込まれた時の居心地の悪さに通じるものがある。でも、正面から受け止めなきゃと思っている。

まずは自分にとっての、理想の父親ってどんなものだろう。原点に戻って、そこから考えた方がいいのではないか。

でも、康平は基準となる自分自身の父親体験が希薄だ。父にとって二度目の結婚でできた子供だったので、物心ついた時には父はもう五十代だった。その割には若々しく、小さな専門商社の番頭のような立場で辣腕をふるっていた。家にいつく時間は短く、康平は事実上ほったらかされて育った。

ああ、そうか、と気づいた。康平自身も、事実上の母子家庭の出身なのだ。高校二年生以降は、本物の母子家庭になったし。だからこそ、紗耶香の指摘に鋭く反応してしまったのかもしれない。「おはようございまーす」と声をかけられて、急ぎ足のたんぽぽ組の母子に追い抜かれ、自分がもう園の前まで来ていることに気づいた。

ここまで来れば開き直るしかない。

理想の父親像なんてむしろはっきり分かる方がおかしいのかもしれないし、もしも、分かったとしても振りかざすべきものでもない。康平は「こうあるべき」という考え方には強いアレルギーを持っているから、そもそも「理想」なんて言葉は信用しないのだ。

とすれば、やっぱり、これまで以上に丁寧に、なおかつ、自分らしく接していくしかないじゃないか。母子家庭の子を特別扱いするわけじゃなくて、自分の職場での振る舞いすべて、子供たちすべてへの接し方の問題なのだ。

じゃ、自分自身の個性というのは何だろう、ということになるのだけれど、それで康平はつい無意識のうちに身だしなみを整えて園に来るという部分から始めてしまったことに気づいた。

こぎれいな格好をして、可能な範囲内でお洒落を楽しむ。それが自分らしいと思う。考えてみれば父親もお洒落だった。それを誇らしく思う気持ちも子供の頃にはあったのを思い出した。否定的な気持ちをいくら持っていても、父親への感情は複雑だ。

男子ロッカーで着替えている時、休みのはずの田村竜太がやってきて、そんなに暇なんだろうかと思いつつも、一方的にこんなことを言ってしまった。

「やっぱり、大事なのはコミットメントだと思うんだよね。どれだけ子供たちにかかわってあげられるか。保育士の基本ってそれだと思わないか。で、その時に肝に銘じなきゃならないのは、柔らかな物腰だな。攻撃的だったり、強引なやり方で何かを解決したりするのって、子供たちの将来の行動にも影響するんじゃないだろうか。女の子が将来、暴力夫に引っかかる可能性だってあるわけだし」

自分の考えをまとめるために言ったようなものだが、田村が口を半開きにしてあまりにぽかんと聞いているものだからちょっと腹が立ってきた。

「いや、きみはいいんだよ。とても物腰が柔らかい。ガタイがいいくせにますますフェミニンな雰囲気の保育士になってきた。がんばってくれよ、期待してるんだから」

などと適当なことを言って、先にロッカールームを出た。

きょうも千夏ちゃんとあきちゃんが来ていて、数が少ないから例によってひよこ組・めだか組合同クラスを結成することになり、その際のコンビを組むのは久保佐智子だと分かっていた。これはかなり楽になりそうな条件だ。

めだか組の部屋で、久保は千夏ちゃんとあきちゃんを両膝に乗せ、床に広げた歌絵本を見ながら明るい声で歌っていた。「みんなのうた」で放映されたものらしく、子供たちも喜んでいる。歌の切れ間に久保が顔を上げた。康平に気づき、すぐに「ごめんねー、秋月先生」と言った。

「はあ、どうかしましたか」

「うちの子が熱を出しちゃって、今はダンナに見てもらってるんだけど、ダンナももうすぐ出勤しなきゃならないから……」

童顔でそうは見えないけれど、久保は双子の母親なのだ。二卵性で二人とも女の子。たぶん三歳か四歳くらいだったと思う。

「あ、それは大変ですね。早く帰ってあげてください。こっちは平気ですから」

きょうも二人なら自分ひとりでも大丈夫だろうと腹をくくった。

「ちゃんと園長先生にも連絡したから、そろそろ代役が来るはずなんだけど」

「それって、まさか」

「田村先生」

「ああ……」

田村は園の一番近くに住んでいるから、こういう時、呼び出しやすいのだった。

ちょうどその時、田村竜太がもさーっとやってきて、同時にロッカールームに入ったのにどうしてこいつはこんなに遅いんだと怪訝に思いつつ、奴と二人きりで子供の面倒を見るのは初めてだと気づいた。

でも、おたがい駆け出しとはいえプロなわけで、大きな問題があるはずもない。久保がそそくさと去った後、田村と視線を合わせて「今のとこ安定してるから、ぼく一人で大丈夫だ」と康平は言った。

「じゃ、前から気になってたおもちゃの消毒をまとめてやってしまっていいかな」

ということになって、田村はテラスの日影部分に出て、かごに入った小さな木やプラスチック玩具をアルコール消毒する作業を始めた。背中を丸めて熱中する姿が、大きな子供のように見えて苦笑する。

なにはともあれ康平は、やっと千夏ちゃんとあきちゃんと相対する態勢になった。

あらためて、思う。まずはコミットメントだ。

どんな遊びに誘ってあげようか。

二人を見ていると、さっきまで久保が歌っていた雰囲気を引きずっていて、どうもまた歌を歌ってほしいらしい。歌絵本のページをめくって、あー、とか、うー、とかしきりと言っている。ぱらぱらとめくって、歌えるものを探したが、見あたらなかった。残念だ。

仕方なしに歌絵本を閉じて、「言葉あそび」を始めた。これは千夏ちゃんの喃語や、あきちゃんの意味不明な言葉をどんどん真似していくもので、かなり盛り上がる。さらに、体をくすぐったり、ぎゅうしたり。やりはじめると楽しいのでついつい続けてしまう。本当は何か遊具を使った遊びを作ってあげた方がいい時もあるのだろうけれど、きょうのテーマは「かかわること」であり、スキンシップはその基本に違いないのだった。

やがて、千夏ちゃんの赤ちゃんぽい笑顔やちょっと意志を感じさせるあきちゃんの笑い声に囲まれて、身も心もトロトロって感覚になってくる。やはり乳児を相手にすると、男だろうが女だろうがいわゆる母性的な部分が引き出されるんだなあ、とつくづく思う。決してまあるい性格ではない自分が、とても柔らかくなって、それが悪くないと心から思える。

昼食前にあきちゃんがふたたびぐずりだし、また歌を歌ってほしいとせがんだ。

「田村せんせー」と康平は大声でテラスに声をかけた。

「なーにー」

ぬーぼーとあらわれた田村はアルコール消毒の仕事を終えたらしく、スプレーをロッカーにしまった。

「きみ、この歌知ってる？」康平は歌絵本のページをかざして見せた。

「知らない。それ大沢先生のなんだよ。全部歌えるのは大沢先生くらいだよ」

「久保先生じゃないの。さっき歌っていたけど」

「いや、大沢先生の。大沢先生は『みんなのうた』を留守番予約でビデオに録るほどのマニアだから」

「へえ……」

康平は感心してつぶやいた。めだか組のクラスリーダーである大沢とはあまりこれまで接触はない。でも、リーダーシップがあり、すごく熱心で、切れる保育士であることは一目瞭然で、天然ボケなかんじの渡嘉敷やおおらかな久保といいコンビで、こういうのを人事の妙というのだろうなあと康平は感じていた。大沢には子供がいないはずだったから、そうやって積極的に「研究」でもしなければ、「みんなのうた」の新曲を覚えられないのだろう。

とまあ、そんな分析をしている場合ではなく、問題はあきちゃんなのだった。お腹が減ったのか、ちょっと眠たくなってきたのか、えっえっと切ない嗚咽を漏らし始めた。

田村がつかつかと歩いてきて、あきちゃんを抱き上げた。大きな動作で「たかいたかい」をしたり、だっこしたままぐるぐる回転したり。

おいおい、そんな暴力的な、と言いそうになって、あきちゃんがきゃっきゃっと喜んでいるのに気づき、口をつぐんだ。

でも、面白くない。田村はフェミニンで柔らかな物腰が売りなのに、そんな男性的な荒々しい動作をしちゃだめだ。乱暴ってほどでもないが、やっぱり乱暴だよ。そもそも、ぼくが好ましい父親像をイメージして、しっかりと柔らかく接してきたのに、ぶちこわしじゃないか。

そう考えるとだんだん腹が立ってきて、とても柔らかな気持ちではいられなくて、康平は口をとがらせた。それでも、あきちゃんはますますきゃっきゃっ喜んでいるわけで、さらにはまる一年お姉さんのはずの千夏ちゃんまで高はいはいで田村のところまでやってきて、同じことをやってほしいとせがんだ。

田村は二人を同時に抱え上げて、びゅんびゅん振り回す。二人とも大喜びだ。

おい、やめろよ、やめてくれ。きみのやってることは間違いだ。言葉が舌にくっついて離れない感覚。

この瞬間、田村の荒い動きよりも、ずっと荒々しい感情に支配されていることを康平は自覚した。深呼吸をして、自分自身をコントロールする。

ひとしきり二人を楽しませた後で、田村は息を切らせて床にぺたんと座りこんだ。

「大沢先生の歌はすごいよ」と妙なことを言い出す。

「久保先生はなんかいるだけで場が落ち着くでしょう。大沢先生は歌とダンス。いざとなれば歌って踊れるって大きいよね。子供たちがすぐに夢中になるもの。で、ぼくはそんな技がないから、仕方なしに体力勝負」

「ふうん、そういうものか」

田村なりに考えていることを知って、それでちょっと納得する。

「ぼくも、歌の研究、した方がいいかな」

「へ？」田村が聞き返した。

4

ひまわり組の冬華ちゃんやみはるちゃんとの会話で、音楽の話題になって、ついていけなくなったことがある。最近、子供たちが何を好んでいるのか康平は見当がつかず、結局彼女たちが「天才てれびくん」の音楽コーナーの話をしているのだと気づくのにずいぶん時間がかかった。そして、気づいた後も、知っている曲といえば番組でカヴァーされたらしいビリー・ジョエルの"the longest time"くらいだったから、やはり会話に入っていくことはできなかった。

康平は中学生の時からギターを弾いている。就職してからは演奏の機会はなくなったが、流行りの音楽には今も敏感だと自負している。

でも、子供たちの間には別の流行がある。この仕事に就きながら、耳を傾けようとしなかった自分が怠慢であると思えた。

とにかく、かかわること。音楽は糸口になってくれるのではないか。子供と同じことに関心を持つことができる父親ってたしかにいいよな、と素直に思えるし。

「それって、康平のお父さんを反面教師にしたのかもね」と言ったのは紗耶香だ。

言い方がなぜか辛辣なのが気になったが、言われたこと自体は本当だと思った。

父は子供の近くに降りてきてくれる人ではなかったし、母にも尊大に振る舞うことがあった。一度、会社を訪ねた時、部下に対して怒鳴り散らしている現場に行き当たって、強く反発を覚えた。とにかく目下の者には、徹底的に厳しい父だった。康平は父のそういうところがはっきりと嫌いであり、自分はそうはなりたくないと強く願った。保育の仕事を選んだのは、子供と相対する現場では、父のような態度は職業倫理上許されないからかもしれなかった。

というわけで、康平は休日にターミナル駅のＨＭＶに出かけていってＣＤやＤＶＤを買い漁った。珍しく一週間と置かずに部屋に来た紗耶香は、床に重ねて置かれたそれらのジャケットに目を走らせると切れ長の目を大きく見開いた。

「なにこれ、『天てれ猫だましぃ』『うたの詰め合わせ』『みんなのうたボックスセット』……」

片っ端からタイトルを読み上げる。

「ボックスセットはなかなかすごいんだ。一九六〇年代からの『みんなのうた』の代表的なものが全部収録されてる。『オナカの大きな王子さま』とか『キャベツＵＦＯ』とか『メトロポリタン美術館』とか、子供の頃聴いたやつも入ってて、なつかしいやら、勉強になるやら」

「勉強、なの？」

「そうだよ。まずは勉強。子供たちと世界を共有するための、ね。でも、半分は楽しみ。園でギターを弾いたら、あの子たちがどんなふうに聴いてくれるか考えただけで楽しい。今、レパートリーを増やして、来週あたり、ギターを保育園デビューさせるつもりだ」

「そうなんだ……」

紗耶香は視線を床に落として、ＣＤを拾い上げた。

「あ、天てれってのは、『天才てれびくん』の略。その中に歌のコーナーがあって、オリジナル曲やらカヴァー曲やらを集めてＣＤにしてるわけ。なかなか名曲もある。『Love is pop』とかさ」

ギターを手元に引き寄せて、出だしのリフを実演しかけたところで康平は手を止めた。紗耶香がひどく遠くを見るような目をしていたのが気になった。でも、康平の頭の中ではリフが続いたままだ。

「どうかしたの」

「いや、なんでも」

「心ここにあらずってかんじだけど」

「康平らしいなあって思って」

「ぼくらしい、かなあ。どうしてそう思う？」

「目標を決めたら、徹底的にやるでしょう。保育士になるって聞いた時にもびっくりしたけど、今じゃ完全に填っているよねぇ。すごいと思う。ちょっと真似ができないよね」

ほめ言葉には違いないので、康平は素直に喜んでおくことにした。

「紗耶香が気づかせてくれたんだ。ちょっと感謝してる。つまりね、子供たちとどれだけかかわるかなんだ。子供たちの世界を知ることなんだ。つまりね、いわば、ナウ、ってことなんだな」

つい先日渡嘉敷が会話の中で使った言葉が急に顔を出した。康平にはあの表現が実にしっくりくる。

「子供たちは、ナウなヤングだろ。保育士はいつでもナウなヤングたちの世界に半分足をつっこんで理解しておくべきなんだよ」

紗耶香がふうっとため息をついた。

「王子さまは歌のお兄さんだね。そうやってだんだん遠くなっちゃうんだなあ」

「そんなことはないよ」と言いつつ、康平は頭の中で止まずに鳴り続いている音楽の方が大事な気分になってまたもギターをかき鳴らした。これを聴いた時の子供たちの表情、とりわけ、気になっている例の四人の女の子の表情を想像すると自然と口元が緩んだ。

歌の王子さまデビューは、お盆があけて子供たちの数が平常に戻った月曜日。

もはや、先日まったく曲を知らなかった歌絵本はすべて制覇していて、なんだってリクエストに応えられる。お昼ご飯前、保育士たちが配膳にかかわっている間、康平がギターを弾いて間を持たせる役割を仰せつかった。

フォークギターをピックでじゃらんと鳴らすだけで、子供たちの意識がこっちに集中してくる。すごくいい感じじゃないか。まだ協調してみんなで遊ぶことがあまりない零歳児クラスでも、音楽ってやつはそこにいるすべての人の気持ちの位相を揃えてくれる。赤ちゃんだって例外じゃない。

「かっぱなにさま？　かっぱさま！」や「山羊さんゆうびん」や「象だゾウ」あたりを歌うと、みんな上機嫌でうきゃうきゃと受ける。途中、何度か千夏ちゃんの方を見て、彼女もいたって満足そうなのを確認して、悦に入った。

廊下をぺたぺたと走ってくる音が聞こえ、ドアのところからめだか組さんたちが中をのぞき込んできた。その中心にあきちゃんがいる。ただでさえ大きな目をくりくりさせて、康平のギターに注目している。

「あらー、秋月さん、すごいですねー」

曲の切れ間に、あきちゃんの背後にいる渡嘉敷が声をかけてきた。

「歌の王子さまなんて、本当に素敵じゃないですかぁ」

「いやあ、それほどでもないです」康平は頭を掻いた。「でも、王子ちゃまとしては、ナウなヤングたちと一緒に歌えてハッピーなわけです」

調子に乗った康平が「パンダうさぎコアラ」をひとしきり歌い終わったところで配膳が完了して、あきちゃんと渡嘉敷たちも自分たちの部屋へと戻っていった。

康平は子供たちの食事の介助に入って、「はい、あーんして、おいしいね、もぐもぐしたら、ごっくんしてね」などと言いつつ、歌の余韻でとても高揚しているのに気づいた。自分だけじゃなくて、クラス全体が、だ。

そう、これでいいじゃないか。

場を明るい光で包み込めるような力を持った父親像、男性像。

それって、本当の意味での「王子さま」なのかもしれず、康平はそれなら自分は王子さまになりたいと思った。


めだか組の久保先生の娘さんが、急性気管支炎で入院したとのことで、延長番の保育士のシフトに欠員ができてしまったと聞いた。康平は自分から立候補して、五時半前、一階に下りていった。

延長番は、別名「星組」と呼ばれており、お迎えが遅くなる子供たちを最長で七時半まで預かる。康平のように二階の乳児クラスの担任にとっては、一階の幼児クラスの子供たちと交流するよい機会だった。

康平が五時半以降、星組専用になってしまうペンギン組の部屋に入っていくと、ちょうど後から田村竜太がやってきた。

「最近、こういうの多いね。よろしくね」と言われてはじめて気づいた。きょうの延長番はまたも田村と組むことになったのだった。なにしろ、アルバイトさんが一人急に来られなくなって、例によって暇な田村が代役を志願したのだという。

この日はチューリップ、ひまわりといった、大きな幼児クラスの子供が多めだった。冬華ちゃんとみはるちゃんもその中にいて、実は延長番に立候補する前からそのことを知っていた。例によって、「王子ちゃまー、遊ぼー」と来るわけだが、きょうに限っては「ちょっとね、面白いことをやるつもりだからしばらく待ってて」と断った。

六時過ぎ、子供たちはお腹が空いてくる時間だから、家に帰ってからの夕食の邪魔にならない程度の軽いおやつが出る。その直前の時間帯はなんとなくエアポケットのようで、いつも落ち着きがないことが多い。康平はまたもここでギターを試してみることにした。

まずは即興。星組の歌。みんな星の子、元気だぞー。とか、適当なコード進行で適当に歌う。でも、つかみとしては十分だ。子供たちがわらわらと寄ってきて、目を輝かせ、耳を傾けた。

「さあ、おやつまで歌って過ごそうか。みんなのうたでも、天てれでもなんでもいいよ」

「王子ちゃまー、すてきー、きゃーー」と体をくねらせているのは冬華ちゃん。みはるちゃんの方もすぐに同調して、二人でくねくねダンサーみたいだ。

まったくそんな若い女の子みたいな反応しなくてもいいじゃない、と思いつつ、実際に彼女たちは著しく若い女の子であって、仕方がないのだともいえた。ともあれ、受けているという事実に康平は気をよくして、イエイと指を突き立てた。まずは「南の島のハメハメハ大王」で盛り上がり、「赤鬼と青鬼のタンゴ」で踊り、最後は「大きな古時計」でしっとりと締めてやれば、いい感じでおやつの時間、のはずだった。

でも、そうはいかないのだ。

「せんせい、じゃ、マジレンジャー」

「知らないよ」

「じゃ、アバレンジャー」

「それも知らない」

「ええっ、そんなのも知らないの？　じゃあ、仮面ライダー・ヒビキは？」

「なんだい、それ」

「ポケモンならどう？」

さすがにポケモンは知っていたが、知らないことにして首を横に振った。だって、ポケモンって戦ってばっかりじゃないか。ましてや、戦隊ものだとか、仮面ライダーシリーズの主題歌なんて論外。康平がやりたかった方面と一八〇度、違う方向にずれていってしまう。

「ね、もっとみんなが楽しめる歌にしよう」と言って、康平はごく自然に冬華ちゃんとみはるちゃんの姿を目で探した。

ところが、いない。

彼女たちは、部屋の対角線上で、田村がまとめているグループの中にいた。

「王子ちゃまが来てくれないからさあ、田村せんせが入ってよ」と声が聞こえてきた。

「えー、どうすればいいのぉ」と間延びした田村の野太い声。

「田村せんせは、どっちと結婚する？　冬華、それともみはるちゃん？」

「ええー？　選べないなあ、どっちともがいいなあ」

「それじゃだめなの。じゃ、順番ね。冬華が最初。せんせ、お風呂が先、ご飯が先？」

康平は、はあとため息をついた。力が抜けていく。

「ねえ、デカレンジャーは？　先生、何なら知ってるの？」

男の子たちが康平をせっつく。

「そうだなあ……」と上の空で言いつつ、勝手に手が動いてディズニーの〝Someday my prince will come〟のフレーズを弾いていた。

5

結局さ、そういうことなんだよ。

ぼくの振る舞いが父親像を提供してしまうといったって、やっぱり世の男はぼくだけじゃないわけで、すでにある既存の社会構造みたいなものから、そう大きく逸脱できるわけじゃない。だから、達成感ないし、にもかかわらず、やっぱり責任重大なんだって思い続けるのって、成果が見えない割には要求されるものは大きくて、げんなりさせられるよ。

というような泣き言を紗耶香に言った後で、康平は紗耶香の様子がいつもと違うことに気づいた。

「本当にそうだよねぇ」紗耶香のついたため息は低く長く尾を引いた。

まじまじと彼女を見ると、間接照明のうすら赤い光が頬に映えていた。いつものトラットリアでピザを食べ終えて、なんとなく物憂い雰囲気の中、康平は何か大事なものを見落としているのではないかと、急に心配になった。

「あたしは、だめなんだなあ。浮気はできない。就活中に出会ったひとつ下の子なんだけど、とても気が合う奴がいて……」

「それって、この前デートした奴？」

「そう」

しばらくどちらも話さなかった。隣の席のカップルの声が、サッカーの日本代表について話すのが、やたら大きく聞こえた。

なんて言っていいのか分からず、康平がやっとひねり出した言葉はこんなふう。

「もう寝たの」

「まだ」

「そうなんだ」

ひどく格好悪い。ぼくってこんな奴だったのかと、自分でも驚いてしまう。

「康平のことは尊敬してるんだよ。理想を持ってるし、がんばってるし。でもね、あたしもパパの子なんだなあと思った」

「どういうこと」

「うちのパパってよく言えば意志が固くて、悪く言えば頑固でしょう。康平もそうだから、あたしは惹かれたんだと思うんだ。でも、保育士になってから、なんとなく変わってきたよね。もちろん意志が固いのは相変わらずだけど、男っぽいとこがなくなって、角が取れたかんじがする。逆にあたしは、康平を男の人だって感じられなくなっていったみたい」

「そんなこと言ったって……」康平は絶句した。

たしかに、この仕事に就いてから、康平は男であるとか女であるとか関係なく、柔らかな人でありたいと願ってきた。相応の努力はしてきたし、このところに「理想の父親像」をめぐって、これまで以上に気をつけてきた。そもそも、そうさせたのは紗耶香の指摘なのだ。

言いたいことは山ほどあったけど、ぐっと言葉を飲み込んだ。格好悪いのは嫌だ。こんな時、自分でもあきれるくらい安っぽいプライドが頭をもたげてくる。

「いいよ、ぼくはナウなヤングの王子さまを目指すんだから。当面はそれで手一杯だから」

「康平もそうなのよ」

何を言われているのか分からず、康平は目をしばたたいた。

「ナウなヤングって、あたしたちが普通に使う言葉じゃないでしょう。もっと上の世代、それこそあたしや康平のお父さんの世代の言葉でしょう」

「あ」と小さな声をあげると同時に、一気に記憶がよみがえってきた。

康平の父がこう言ったことがある。

男は何歳になってもヤングであれ。精神も外見も老け込むことなく、若々しく生きなさい。

父が脳幹梗塞で死んだのは、三十歳近く年下の若い女性の部屋でだった。康平は激しく反発して、その時は「若くあれ」なんてまっぴらだと思ったものだ。

「ねえ、あたしたちは逃れられないのかなあ」紗耶香はまた長いため息をついた。

「そいつ、どんな奴なの」

「かなり強烈に男性的な人。強引で、切れやすいし、ひょっとしたら暴力夫にもなりかねないタイプ」

「そんなのやめとけよ」

「分かってても惹かれちゃうのが問題の本質なのよ」

トラットリアを出た後で、それぞれ別の電車に揺られて部屋に帰る。

紗耶香が去ったことがショックなのはもちろんだったけれど、自分自身が親が及ぼした影響から逃れられていないのかな、そんなに人って不自由なものなのかな、と思った。これは康平にとってはひどくつらい認識で、ちょっと受け入れがたかった。

でも、考えれば考えるほどそう思えてくるのだ。

康平は父親に似ている。絶対にああはなりたくないと思って意識的に自分を導いた部分は別として、そのほかの部分ではそっくりだと思う。

これまで好きになった女の子も、どことなく母親と似ていた。紗耶香なんて、ああいう大ざっぱだけど律儀で潔癖なところとか、本当に母とそっくりだった。

考えていたらどんどん落ち込んでしまい、かといってこういう時に電話で話せば気が晴れる相手がいるわけでもない。明日から、千夏ちゃんやあきちゃん、冬華ちゃんやみはるちゃんの前でどんな顔して「王子ちゃま」でいればいいのか分からなくなった。我ながら驚いたことに田村と話してみようかなんて思って、携帯のジョグダイヤルをぐるぐる回す途中でほうりなげた。

遅番だったけれど、いつも通りに部屋を出た。

朝からすでに強烈な陽差しで、蟬の声がうっとうしいくらいの音量で響き渡り、十歩歩かないうちにピンクの猫Tに汗がしみた。

それでも足早に歩いた。

園に早くつきたかったし、子供たちの元気な声が聞きたかった。だから、園に近づけば近づくほど足が速くなった。寝坊して遅刻しそうな時でさえ、こんなふうには急がないかもしれない。

やがて園の白い建物が見えてきて、康平はほっと一息ついた。

自分の今の所在は、あそこなんだなあと今更ながら思う。だからこそ、どんな王子ちゃまでいればいいのか、それが大事なのだった。

でも、実は考え込んでいる余裕なんてない。

「おはようございまーす」と背後からの声は、潑剌とした女性のもので、なんと四重のユニゾン。冬華ちゃん母子と、みはるちゃん母子が連れだって登園するところだった。

「王子ちゃまー」の二重唱が夏のお日さまの輝きと一緒になって、康平の耳に飛び込んできた。

「おはよー」と目一杯、元気な声で返した。

後ろからあわただしく走ってくる足音が聞こえて、それに続いて「おはようございます、秋月さん。急がなきゃですよ、遅刻ですよ、遅刻」

「ぼくは遅番だよ」と言う余裕もなく、中島ルミが追い越していった。

すると今度はもっと重たい足音だ。荒い息で顔中に玉の汗をかいて、田村はほとんど全力疾走だ。当然、「おはよう」の挨拶もない。

まったくどいつもこいつも！

ちょっと気分が引き立って、さあぼくも急ごうとさらに速く足を動かした。

遅番だからまだ二階に上がる必要もなく、一階の事務室に寄って書類仕事をピックアップする。子供たちに会って完全に保育士モードになるまでの助走、みたいな感覚。

仕上げなければならない保育計画表について園長の助言をもらい、草稿を持って事務室を出ると、冬華ちゃんとみはるちゃんが廊下に立って康平を待っていた。

「王子ちゃま、元気ないよね」と冬華ちゃん。

「園長せんせに怒られた？」とみはるちゃん。

「ちがうよ。元気だよ」

「元気がない時はがんばりすぎない方がいいんだよ。王子ちゃまは休んだ方がいいよ」

「うん、ありがと。疲れたらそうするよ」

「じゃ、今度、おままごとする時には、冬華が働いてあげる。王子ちゃまは、ご飯を作っておうちで待っててくれる？」

「みはるとケッコンする時はね、みはるが疲れて帰ってきたらギターを弾いてね。ママも疲れると音楽をかけるんだよ」

「タマノコシじゃなくてもいいの」と康平は聞いた。

「だって、今はそんな時代じゃないってママが言ってた」

「みはるは保育園のせんせになりたいんだもん。ってことは働くってことでしょう？」

康平はおかしくなって、声を出して笑った。

「分かった、今度ままごとする時にはきっとね」と言いながら、まだ笑いが止まらない。きょとんとする二人の頭を順番にくしゃっと撫でて廊下を歩き始めた。

別に深く考えることはないんだ。

階段を上がる途中で、もう二階の乳児クラスの元気な笑い声や、泣き声が聞こえてきて、康平はごく自然に一段抜かしで進んだ。

ギターはロッカーに置いてある。たぶん、きょうもまた、昼食前にナウなヤングのために歌うのだろうと思い、それはたしかに今一番自分らしいことだとひとりうなずいた。

5. 蟬の鳴く屋敷林で

「屋敷林では、蟬が鳴いていたんですよ」と渡嘉敷が声に力をこめて言う。「ツクツクボウシですね。それまで静かだったのがいっせいに鳴き始めたんです」

子供たちが寝静まった午睡の時間帯だった。

四人の保育士が、額を突き合わせるようにして、それぞれの書き物の仕事をこなしている。田村竜太は、連絡ノートに書き込みをしながら、午後の遊びの計画を頭の中で組み立てていたところだ。

そんな中、渡嘉敷が急に、「あのー、きょうのお散歩のことなんですけどねぇ」と切り出した。

蟬の話は、いわば「つかみ」だ。渡嘉敷は自分が目にした不思議な出来事をまるで正当化するように「いっせいに蟬が鳴いた」と主張した。

「不審者、なんですよ。昼間から公園でふらふらしているんですよね。それもずっと子供たちを見ていて……不審じゃないですか。でもね、なにか違うんですよ。その男の人、不審というか、不思議だったんです」

男は四十代で、顔色が悪かったという。にもかかわらず、笑った時にこぼれる歯は白く、爽やかさと不審さが、せめぎあって不思議な印象だった、と。

ほかの三人の保育士は、渡嘉敷の真意をはかりかねて、顔を見合わせた。竜太も渡嘉敷の興奮の理由が分からず、戸惑いを覚えた。

「歯が、白かったんですか……」と久保が聞いた。

「はい、白く、爽やかでした。いえ、でも、大事なのはそういうことではなくて、その人、子供たちと遊んでくれたんですよ」

「不審な人なのに、遊ばせたんですか」と大沢。非難めいたニュアンスがどことなく加わる。

「とても自然だったんです。気がついたら、子供たちの輪ができてましてね。みんなでラジオ体操みたいなダンスを始めたりして……それが、一歳児クラスの子たちが楽しめるように、動物のポーズとか、楽しいことがいっぱいで……、わたしも、非常勤の三田さんも、つい見とれちゃったんですよぉ。保育士でも、ああはできないなあってくらい、子供あしらいがうまくて……」

「それ、不審者じゃないんじゃないですか」と久保。

「いいえ、不審です。不思議です。その人がダンスをしている間だけ、蟬の声が降ってきて、魔法を見ているようでした」

久保がほんの一瞬、宙を見るような仕草をした。

「田村さん、憶えてない？　あたしたちもそういう人、見たことなかったかしら。子供あしらいのうまい不審者……」

「そうでしたかね」と竜太は気のない返事をした。

そんなこともあったかもしれない。たしかにあったような……。でも、今、竜太の頭の中は、午後ためしてみようと思っている巧技台を使った遊びの段取りでいっぱいだ。

「ふん、伝説の不審者だね」と大沢が言い、「不審者だらけで、困りますねぇ」と渡嘉敷が続けた。

先週、隣の区でまた通り魔が出て若い女性が犠牲になった。この桜川保育園でも、街路樹のかげから下園する子供たちを見つめているあやしい男がいると保護者から指摘があったばかりだ。誰もかもが敏感になっている。

「蝉が鳴いている間だけだったんです」と渡嘉敷が繰り返す。「すぐにその人、疲れちゃったみたいで、座り込んでしまったんですね。子供たちは、バイバイって手を振って楽しそうに別れたんですよ。その人も、とてもうれしそうに、白い歯を見せたんですよ」

急に園庭から、耳障りな音が聞こえてきた。

ツクツクボウシの声だった。ほらね、というふうに渡嘉敷が、意味もなく得意げな顔をした。

竜太はほんの一瞬、子供たちと「動物のポーズ」の体操で遊ぶ男の姿をイメージし、やはり午睡あけの遊びのことに意識をとられた。

6. ハチオオカミはふーっと吹く

焦げ茶色と黄色のフェルト布、赤いボタンアイに黒のヘマタイトビーズ、パペット作りのテキストブック、そして、あまり使い込まれていない裁縫セット。

自室のローテーブルの上にそれらを並べたまま、中島ルミはため息をついた。

なにしろ、ハチオオカミ、なのだ。

子供たちに「作る」と宣言したのは自分だから、納得ずくのことだけれど、「手本」があるはずもなく、どうもうまくいかない。自分がこういうことが苦手なのをすっかり忘れていた。

妙子からのメールが来ている。あしたの合コンの待ち合わせがどうしたこうした。妙子は区役所に配属された同期だけれど、お茶くみコピー取り以外の仕事がないとよくぼやいている。同じ区の職員でも、待ったのきかない現場の仕事でいつもばたばたしているルミにしてみれば、うらやましい待遇だ。

〈悪いけど、明日は行けないなあ。ごめん。m(_ _)m〉

明日は遅番で、そのまま延長番に入るから、園を出られるのはたぶん八時くらいだ。それからターミナル駅まで出るのは面倒くさい。それにパペットのことが頭から離れない。

妙子からはすぐにメールが返ってくる。彼女は職場ですらこっそりメールを打つほどのメール依存症だから、いつもルミの返信が遅いと非難する。そんなんじゃ、恋も逃しちゃうよ、と。

〈そっか、仕事いそがしいんだよね。がんばって。明日のは大した男が来ないと思うから、パスして平気だよ。来週のやつはでられるよね o(^-^)o〉

来週もだめかもなあと思いつつ、ルミはとりあえず返事はせずに放置した。

それよりも、ハチオオカミだ。

なんであたしは、こんな変なもののパペットを作ることになったんだろう。だいたい、ハチオオカミだよ、ハチオオカミ。「ハチ＋オオカミ＝ハチオオカミ」なんて、子供の自由な発想といっても、あんまりだと思う。

なのに、というか、だから、というか、ルミはハチオオカミに惹かれているのだ。

ルミがきょうその姿を想像して絵に描いてみると、子供たちはとても喜んだ。同僚の保育士が「じゃあ、パペットにしてみたら」と言った。最近、パペットを使った「お話」がクラスでブームになっているからだ。「あたし、作りますよ」とルミは安請け合いし、子供たちにも「今度、ハチオオカミのぬいぐるみを作るからね」と宣言したのだ。

こういったことを妙子に言ってみようかとふと思った。

でも、たぶん分かってもらえないだろう。「ハチオオカミ？　それで？」というだけで終わってしまうに決まってる。子供の話題ならやはり、保育士同士に限るってことを、ごく短い保育士生活の中で、ルミはもう学習していた。

そこで、思いついた。

パペット作りを、同じ園の保育士、田村竜太に頼んでみたらどうだろうか。針仕事が上手なことをルミは知っていたし、なによりも同期なので頼みやすかった。

〈田村さんお願いがあります。m(__)m〉すぐにメールを打つ。

〈なに?〉即座に返事が戻ってきた。これは田村竜太がメール依存症だというわけではなく、単に暇なのだ。おまけに絵文字や顔文字を使わない素っ気なさ。

〈パペットをひとつ作ってほしいんです。ハチオオカミのやつm(__)m〉

〈いいよ。いつまで?〉

ルミはほっとして息を吐き出した。

でも、ちょっと不満でもある。

「ハチオオカミって何?」って突っ込んでこないところが田村らしい。いつもぼーっとしていて、細かなことにいちいちとらわれないのは、いいところでもあるけれど。

〈期限はないです。でも、早いとうれしいですo(^-^)o〉

〈なら、できるよ。早ければすぐ。遅くても来週かな〉

あっけなく、交渉成立。いずれまた何かのことで借りを返せばいい。

それで、ずいぶん気持ちが楽になった。これなら合コンに行けるかなと思い直し、妙子にもう一度メールを打つ。

〈やっぱ、あした行けそうだよー(^○^)/〉

ルミは明日、保育園に持っていく合コン用の服をどれにしようかと、ハンガーの前に立った。


ハチオオカミの言い出しっぺは、ルミが知る限りキュウちゃんだ。

ゴールデンウィークが開けた頃、午睡室でみんなごろんと横になった状態で「おやすみの歌」を歌っていると、いきなりキュウちゃんががばっと上半身を起こした。

キュウちゃんは、額の秀でたキューピーさんみたいな顔つきの男の子だ。四月上旬生まれだからクラス一のお兄さんで、言葉も早かった。またやたらとはっきりした寝言を言うくせがあった。この時もいち早くうとうとしていたはずで、それが急に体を起こしたかと思うと、しっかりと声で言ったのだ。

「ハチオオカミがきたー。ガオーッ」

そして、また、ごろんとなりすぐに目を閉じてしまった。

保育士同士、視線を交わして微笑んだ。

その日の午睡があけた後で、ルミは何人かの子供たちが「ハチオオカミ」について話題にしているのを耳に留めた。

まだ、それほどお互いに会話ができる年頃でもない。「ハチオオカミ」という単語が出るとそれに反応して、別の子も「ハチオオカミだよっ」と返すといった単純なものだ。

へえっ、と思った。

ハチオオカミってとにかく変な語感だ。テレビとかビデオとかのキャラクターなのかと最初は思ってたけれど、同僚の保育士の誰も知らない。だから、子供たちのオリジナルなのだろう、ということになった。

そうすると俄然興味がわいてきた。

ルミは保育士になるくらいだから子供が好きだ。子供が突拍子もないことをしたり言ったりするのに魅了されてしまう。小さな頭の中には、つきることのない想像力の泉があって、あふれ出るものを浴びていると本当に幸せな気分になる。

ルミは子供の頃、お話し好きの子供だったとよく両親から聞かされていた。四六時中しゃべっていて、そのほとんどが自分で作った架空の「物語」だったそうだ。自分がいつから、そんな「物語」から離れてしまったのか分からない。今も絵本を読むのは好きだし、得意だと思うけれど、自分の口から始まるものなんてない。

だから、ハチオオカミは素敵だった。子供たちの頭の中から、ふいに飛び出してきたものだからこそすばらしかった。

子供たちの額に手を乗せて、目を覗き込み、「ハチオオカミってどんなの」と聞くと、いろいろな答えが返ってくる。なにしろ、二歳児が言うことなので、言うことがてんでんバラバラだ。もともと人間の子供だったとか、カルピスを飲むと元気になるとか、メロンが好きとか、妹がいてハチ子という名前だとか、人間の子供を見ると咬みに来るとか、すごく怖いけどぺろっとほっぺを舐めると優しくなるとか……。共通しているのは、「顔はオオカミで体は茶色だけど、お尻だけ黄色で針がある」ということくらいだ。

それでも、言い出しっぺのキュウちゃんの頭の中には一貫したストーリーらしいものがあるようだった。ルミはことあるごとにキュウちゃんのつるりとした額に手をあてて、「ハチオオカミのことを教えて」と聞いた。そうすると、頭の中で躍動しているイメージが自分に直接響いてくる気がして鼓動が高鳴るのを感じた。

「ハチオオカミはねチクリと刺したら、疲れてねちゃんうだよぉ」「ハチ子とハチオオカミはね、さびしいんだよ。ままぁっ、てなくんだよ」「ハチオオカミにはね、ハチオオカミのカミサマがいるんだよ」「良いことをすると、カミサマが怒るんだよぉ」「でもね、悪いことばかりすると毛むくじゃらになるって、人間にもどれなくなっちゃうって……」

そんな他愛のないことを聞くだけで、ルミは額にあてた手が熱くなるのを感じるのだった。

「ふうん、クラス全体でイメージを共有しているわけだね。面白いじゃないか」

そう言ったのは同期の秋月康平だった。田村がパペット作りを請け負ったのを耳聡く聞きつけて、「ハチオオカミってなに」と尋ねてきた。

「そうなんですよ。はじめの頃は、単にハチとオオカミがひとつになったキャラだったんですけど、だんだんイメージがふくらんでいくんですよね。すごく面白いです」

「いいね、中島はそういうの好きなんだな。うん、すごくいい。ハチオオカミがさ、一年間かけてクラスでどんなふうに発展していくか見守ってあげたらいいんじゃないか」

そういう考え方もあるのかと、ルミは感心した。秋月はルミが興味本位で捉えていたことを、保育計画の中に位置づけてみせたのだ。同じ新人でも秋月は考えていることが一段上なので、話を聞いていてためになることが多い。

でも、やっぱり、これは純粋な興味の方が先に立つ。

延長番が始まる直前の時間に、田村竜太にぬいぐるみの素材と、イメージ図を手渡した。

「なにこれ」と田村が目を丸くした。

ルミはうれしくなって、「でしょっ」と返した。

昨晩のメールで「ハチオオカミ」という言葉に反応しなかった田村だって、やっぱり絵を見ればびっくりするのだ。

「これ、本当にハチとオオカミのお化けじゃない。こんなもののパペット作るの?」

「うちのクラスで急に流行り始めたキャラなんですよ。子供たちがすごく気に入っているものだから、パペットでお話をしたいなあと思って」

「分かった」と言いつつ、田村は首を傾げた。

「それにしても、なんでこれなんだろ」

「ですよね。変でしょう。ハチとオオカミ」

「怖くない?　牙なんかギザギザで」

「でも、ちょっとかわいいです。やんちゃなかんじで」

「コヽヽヽワカワイイのって、子供に受けるのかなあ……面白いなあ」

田村は楽しんでやってくれそうだったので、ルミはほっとした。


「へえ、保育士さんなんだ」と男は言った。

合コンの相手は広告代理店の営業部員で、やはり今年入社したばかりの新人だという。妙子の大学時代の友達の友達くらいの関係の男が幹事だった。全員がネイビーやグレイの地味なスーツだったけれど、目の前の男はネクタイだけきれいなピンク色のものをつけていた。その一方で、ほかの連中に比べると落ち着きがあるようにも見えた。

妙子に声を掛けられるとたいていは参加するものの、実はルミは合コンに出るたびに居心地の悪さを感じる。そりゃあ素敵な彼氏ができたらいいなとは思う。でも、こういうところでの話題ときたら、流行っているドラマのこととか、ここのところテレビすらあまり見る余裕がないルミにはついて行けないものばかりだ。

でも、きょうは違った。目の前に座った男は、まずルミの仕事に興味を示してくれたのだ。さっそくほかの連中がドラマの話を始めたのに、それには乗らずルミだけを見ている。

テーブルの対角の席から、妙子が目配せしてきた。あんた、いい席をゲットしたよねってことか。たしかにいい男の部類だ。いや、ルミの元彼なんかに比べてもずっと上等な男に見えた。

「保育士さんの仕事って大変なんでしょう」と男は言った。

保母ではなく、保育士という言葉をごく普通に使うあたり、理解がある。

「男にしてみると、理想の職業かもしれないよね」

「そうですか」ルミは聞き返した。

「だって、優しいかんじがするし、芸達者なイメージもある。ピアノ弾いたり、ダンスしたり、みんなできるわけでしょ。子供が喜びそうじゃない」

「あたし、芸達者じゃないです。ピアノもダンスも苦手だし」

実際、ピアノなんて、なんで保育士の試験にあるのかと、何度泣きたい気持ちになったか分からない。

「それでも、優しくて、母性愛、みたいなイメージあるよ。嫁さんにするなら、看護師とか保育士、みたいに思う男、結構いるんじゃないかな」

ルミはふと保育園の同僚たちの顔を思い浮かべた。すごく優しいかんじの人もいれば、「やり手」なかんじの人もいる。

「保育士もいろいろですよ。きつい人もいれば、怖い人だっています……」

「そうなの？　少なくとも、子供が好きでやってるんでしょ」

「それはそうですね。子供って面白いです。あたしは二歳児の担当なんですけどね、飽きませんね」

「いいなあ、仕事が好きだって、素晴らしいことだと思うよ。おれらなんて、入社して間もないのに集まれば愚痴ばかりだもんなあ」

頭を掻く仕草がなんだかかわいい。すごく好感が持てた。この男は「当たり」かも。

ほろ酔い気分も加わって、ルミは急に舌がなめらかになるのを感じた。

「二歳児ってかわいい悪魔ってかんじですごく大変だけど、一番やりがいがあるかもしれないです――そうそう、最近、面白いことがあったんですよ。子供たちが変な生き物を考え出して、それなんだと思います？」

ルミはいったん言葉を区切ってから、わざわざ付け加えた。

「ハチオオカミ、なんですよ。ハチとオオカミをくっつけちゃったんです。子供って変なこと考えますよねぇ。そもそもきっかけはですね――」

ルミはハチオオカミの一件を、ひとしきり語って聞かせた。話しているうちに、この件って、自分が園で働き始めてからしてきた経験の中でも、とびきり「変」なことのように思えてきた。

「変」なのに、素敵。子供たちが、すぐそばにいる者たちだけに与えてくれる突然のプレゼントだ。

「あたし、小さい頃、童話作家になりたかったそうなんです。自分でも憶えていないくらいなんで大したことないんですけど、ハチオオカミの話を聞いてると、子供たちってみんな童話作家なんだなあって思うんですよ。すごい発想ですから。自分が悪い意味で大人になってしまったんだなあって思って寂しいのと、子供たちの話を聞いてて楽しいのと両方なんですよねぇ」

「ところでさ、ドラマ、最近なに見てる?」と男が聞いた。

え? と思った。今、ドラマの話をしてたわけじゃ……。

「韓流ブームってさ、一段落ってかんじじゃない。人気がなくなるわけじゃないと思うんだけど、一時の勢いはない。今後は、ひとつの定番として定着するのかなあ――」

テーブルの逆サイドの話し声が聞こえてきて、目の前の男はふいに視線をそっちに向けた。

「そうそう、韓流のコアはテレビドラマじゃなくて、映画だと思うんだよね」と別の話題に飛び乗る。

妙子が男を見ていた。酔っているせいもあるだろうけど、目が潤んでいた。

そこから先、また退屈な時間になって、部屋に帰ったのが十二時前だ。

〈コウジ君が、ルミのこと、すごく仕事熱心だってほめていたよ! (^○^)/〉と二次会に行った妙子からメールが来た。

ルミは返信する気力もなく、眠った。

保育士としての中島ルミは、可もなく不可もなし、だと自分で思う。

器用ではないけれど、不器用でもない。

機転が利くとは言えないけれど、がさつというわけでもない。

ピアノは苦手で、絵本を読むのは得意。

絵は下手だけれど、子供たちの要求を満たすくらいは下手なりにイケる。

体力勝負の外遊びはきつくても、室内でじっくり遊ぶのは男の子相手でも女の子相手でも問題なし。

でも、時々向いていないのかなあ、とも思う。

〈仕事熱心だってほめていたよ〉

昨晩の妙子のメールの言葉がなぜか胸に突き刺さっている。読んだ後、自分の中で何かのスウィッチがカチリと切り替わった。すごく虚しくなった。

熱心かどうかなんてよく分からない。

本当に熱心なのは田村さんみたいな人のことを言うのだろうし、器用でいろいろ考えているのは秋月さんみたいな人なわけだし、自分はとっても中途半端だ。「あなたの同期はそれぞれ個性的だから、あんまり気にしちゃだめだよ」と同じペンギン組の同僚にはいつも言われるけれど、この日はそう思えなかった。

一度そんなふうに考えると、もうどうしようもなくなってしまう。

晴れていたので、お散歩に出かけた。

虫の好きなキュウちゃんが、公園でダンゴムシを見つけた。そして、それを大好きなミカちゃんにあげた。

「いらないよー」とミカちゃんが身をよじると、キュウちゃんは「じゃあ、こっちのあげるー」

ともっと大きくて立派なダンゴムシを差し出した。ミカちゃんは、びっくりして逃げ去った。

呆然とするキュウちゃんの頭に手を置いて、ルミは言った。

「キュウちゃん、ダンゴムシは大きいのも小さいのも両方ともキュウちゃんが持っていいみたい。きっと、ミカちゃんはダンゴムシが好きじゃないんだよ」

最初、きょとんとしていたキュウちゃんが、ぎゅうっとダンゴムシを握りしめて、それからルミを見た。

「ルミせんせは、ダンゴムシいる？」

「いらないよー」とあわてて言った。

ルミはダンゴムシのみならず、たいていの虫が苦手だ。

キュウちゃんはまたしばらく考えてから、「キュウちゃんは、ダンゴムシがすきだよー」と言った。

なにかがキュウちゃんの中で変わったのだと思った。

この年齢の子って、自分が好きなものは他の人も好きだと思っている。すべてが自分中心で、自分以外の人間に別の考えや感じ方があるなんて想像できないのだ。

でも、キュウちゃんは今はじめて、「ダンゴムシが嫌いな人もいる」と理解した。それってすごいことだ。

なのに、ルミは感動できなかった。

いつもなら、すごいすごいとほめてあげるのに、自分自身の心が動かなかったから、ほめることもできなかった。

やっぱり、あたしは向いてないのかも、なんてあらためて思う。

「うわーっ」と声があがった。

子供たちがこっちに向かって、悲鳴をあげながら逃げてくる。

「ハチだー！」と誰かが叫んでやっと事態が分かった。

蜂の巣を好奇心旺盛な子供がつっついたりしたのだろう。

自然と体が動いた。

ルミは悲鳴をあげる子供たちの方へと走り、すれ違ったところでくるりと反転した。体を低くして子供たちに覆い被さるような姿勢で小さな背中を追いかける。

羽のうなる音に振り向くと、小さなハチが飛んでいた。少し離れたところに黄色い雲みたいな塊があった。

首筋や手が同時に何カ所か熱くなった。

刺されたのだと思った。それでも走った。子供たちが刺されないように体を盾にしながら、走り続けた。

「ハチオオカミ、助けてー」

誰かが叫んだ。なんでこんな時にハチオオカミなのかと思うけれど、それどころじゃない。

公園を出たところで、先に逃げていた子供たちが心配そうにこちらを見ていた。

「もっと離れて！」

ルミは大きな声で言った。ハチの群れはルミのすぐ後ろについてきているのだ。

子供たちは、動こうとしない。たくさんの目が大きく開かれたままこちらを見ている。

ルミは公園の出口までたどり着くと、そこでまたぐるりと反転した。黄色い雲がすぐ後ろにあった。

ルミは両手を広げ通せんぼうするみたいに立ちはだかった。肩で息をしており、自分の息の音が聞こえてくるくらいだった。

また刺される！

覚悟して目を瞑ろうとした瞬間、黄色い雲がないことに気づいた。

ハチの群れはあっけなく消えてしまった。

急に膝が震えだし、さっき刺された首筋と手が熱くなった。そのまま公園の出入り口の自転車進入防止柵の上に座り込む。

「ルミちぇんちぇ、ぷっーとふいたあ」

誰かが言った。

「ちぇんちぇいのハチオオカミがぷーっとふいたよぉ。ハチ、逃げちゃったよぉ」

はっとして顔を起こした。言っているのはキュウちゃんだ。

「ハチオオカミは、ハチミツをたべたのぉ。おこったハチにさされて、ハチオオカミになっちゃったの」

「ハチオオカミはぷーっと吹くの？」

「せんせいが、ぷーっとふいたんだよぉ」別の子が言った。

「オオカミはね、ぷーっとふくとおうちがとぶんだよ」

「あ」とルミは小さく声を上げた。

ぷーっと吹くって、三匹の子豚のオオカミのことだ。オオカミは息を吹きかけて子豚が作った家を飛ばしてしまう。

そして、さらに気づく……。

「ねえ、ハチオオカミって……」

「ちぇんちぇいは、おこったハチにさされて、ハチオオカミになっちゃったの」

笑いたくなった。

なんだ、そういうことか、と新しい発見。

ハチオオカミって、ただ子供たちの頭の中にあるお話ってわけじゃない。

それだけじゃなくて、今、この瞬間、自分もハチオオカミの物語の一部なのだ。

首筋と手が痛かった。

「ハチにさされたら、おしっこかけんだよぉ」とキュウちゃんが言うのを、「いいよいいよ」と拒否しつつ、ルミは笑っていた。


昼食の前に、田村からパペットを受け取った。

お互い忙しい時間帯だから言葉を交わす余裕もなく、袋に入ったままの状態でペンギン組に持ち帰った。

昼食後に袋から取り出して驚いた。そんなこと注文していないのに、頭の中にまで指を入れられるように作ってあって、おかげで自由に表情を変化させられる。

口をイーッと横に引いたり、目尻をつり上げたり、顔をくしゃっと縮めたり、おかげでますますコワカワイイ不思議な雰囲気になる。

パジャマに着替えたら、お昼寝前の「お話」の時間だ。子供たちの中にはお昼寝が嫌いな子もたくさんいるので、午睡の準備をするのに子供たちが喜ぶ「お話の時間」は大事なのだ。これがないとパジャマになるのを拒否する子供が続出する。

ルミはできたてのパペットを持ち出した。

子供たちの視線が一気に集中する。

焦げ茶の体に、黄色いお尻。口の中にはギザギザの牙がたくさんあって、お尻の先には白い針。怖いけどかわいいハチオオカミだ。

「ハチオオカミは、もともと人間の子供だったのです」とルミは語り始めた。

「森の中を散歩していると、ハチの巣があったので、その中のハチミツを、ペロリ舐めてしまいました。するとハチが怒って飛び出してきました。にげろー！　でも、空を飛ぶハチの方がずっと早く、チクリ、チクリ、と刺されてしまいました。痛いよー！　泣きながら歩いていると今度はオオカミがやってきて『食べちゃうぞー』と言いました。さあ、にげろ。でも、ハチに刺されたあとが痛くて、うまく走れません。ああ、追いつかれちゃう！　オオカミががぶりっ、とおしりを噛みました。痛ーい！　あんまり痛いので、気を失ってしまいました。気が付いたら、なにかがおかしいのです。手が茶色になっていました。口の中の歯がとんがっています。おしりからなにかかたいものが飛び出しています。池がありました。そこで、自分の体を映したら、なんとハチオオカミになっていたのです」

キュウちゃんや他の子供たちから聞いた話をつぎはぎして、ハチオオカミがなぜハチオオカミになったのか、でっちあげてしまった。

　同僚の保育士たちが含み笑いをしている。

　一方子供たちは、ルミが前に掲げたパペットを目を輝かせて見つめていた。次にどんなことが語られるのか、息をひそめて待っている。

「ハチオオカミは泣きながら、森を出ました。人間にもどりたいよー。でも、どうしたら戻れるかわからないー。森を出てからしばらくすると、あることに気づきました――。背中には羽があるではありませんか。動かしてみると、ぶーんと音がします。もっとつよく動かすとふわり、体が浮きました。飛べるのです。ハチオオカミはうれしくなって飛び回りました。それから、ふーっと息を吹いてみました。すごい風が吹きました。ためしに森の方に向かって吹くと、木が揺れて、さっき刺されたハチの巣がぴゅーんと飛んでいきました。お尻を噛んだオオカミも、カンベンしてくれーと逃げていきました。ハチオオカミはうれしくなって、笑いました。ぼくは強いぞー。あまり大きな声で笑ったので、人間の子供を見ると、ついつい怖がらせたり、いたずらをするのが好きになりました。そして、ハチオオカミは自分が人間の子供だったことを忘れてしまったのです――きょうの話はここまで。続きは明日話すよ。みんなねんねしようね」

　二歳児の集中力はごく短い間しか持たない。ルミは早々に切り上げて、子供たちを午睡室に導いた。

　子供たちは、すんなり眠った。午睡前のお話を静かに聞けた時は、たいてい眠りが深い。みんなの寝息が重なり合って聞こえてくる。きっと同じ夢を見ているんじゃないかと思うほど、同じような満ちたりた微笑みを浮かべている。

ルミは自分の中で長い間眠っていた「お話」の種がいっせいに芽吹いて、はち切れんばかりになっているのを自覚する。明日が待ち遠しい。

ここは、お話が始まる場所なのだ、と思った。

子供たちがいるところでは、いつだってお話が生まれている。

だから、お話を語るあたしも、お話の一部なのだ、と。

眠り続ける子供たちの顔をひとつひとつ見ながら、ルミも眠たくなり、ほんの一瞬、うとうとした。

はっとして目を開いた瞬間、ルミの膝元で眠っていたキュウちゃんが、ほんの一瞬だけ目を開け「ハチオオカミだー」と叫んだ。

ルミは微笑んで、つるりとした額の上に手を置いた。

7. 妖精の棲む小さなおうち

1

携帯電話の着メロに設定してあるミッキー・マーチが、満員電車の中で急に鳴って、あわてて電源を切った。誰からかは分かっているのでうんざりしつつ、桜川駅に降りるとすぐにこちらからかけ直す。

「かあさん、なに？」

わざと面倒くさそうに言うのが大人げない。母と話す時、どことなくかたくなになっている自分に大沢恵子は居心地の悪さを覚える。

「それで、考えてくれたんでしょうね」と母はいきなり言った。

「また、その話？」

今度は「どことなく」ではなく、本当にかたくなな気分になった。

「だって、いい話なのよ。手堅い企業に勤めてて、年収もまずまず、ルックスも正常。調べてもらったら近所の評判も上々。なによりも、あんたのプロフィールを見て、ぜひと望んでくださっているのよ」

「あきれた、わざわざ調査してもらったわけ？」

「だって、久々の良縁だもの」

「再婚なんでしょう。向こうも相手を選べない気分なのよ」

「そうはいっても、離婚じゃないのよ。若くして死別しちゃってるの。ロマンだわぁ。おかげでコブもないし、あんたにとってマイナスの要素なんてないじゃない」

「ロマンって……さあ、人ごとだと思って」

「なに言ってるの、人ごとじゃないから、こんなに気にしてるんでしょうに。早く孫の顔を見せてもらいたいもんだわね。だいたいね、もう三十すぎだっていうのに、どうするつもり。男の人と子供が帰ってきてくれるおうちを持たない女は、歳を取っていくとみじめなものよ」

「もういい、切るわよ。園の前だから」

母の返事を待たずに通話を切った。

遅番だから子供たちはほとんど登園していて、園庭から元気のよい声が響いている。恵子はいつもこの瞬間、あらたまった気分で立ち止まって深呼吸する。自動ドアのガラスに映る自分の姿が目に入る。ジーンズにカットソー、化粧っけがなくて、ファンデーションと軽くルージュを引いてあるだけ。保育士の現場仕事は、着飾る必要もないし、むしろ、それがマイナスになることも多い。本来、お洒落は嫌いではないのに、十年以上この仕事を続けたら、こうなるのも当然か。

でも、これでいいのだ。あと十メートルか二十メートル前に進めば、そこには子供たちがいて、恵子は一番居心地がよく、また、充実感のある空間に身を委ねることができる。そのことを考えただけで体の隅々に、子供たちに負けない力が漲る気がした。

大沢先生は子供と一緒の時、一番、輝いている。

先日同僚の田村に言われた。新人の男性保育士で、まだまだ仕事のできない危なっかしい奴なのだが、熱意は感じられる。きみに言われたくないね、と思いながらも、うれしかったのも事実だ。もちろん顔には出さなかったが。

「おはようございまーす」と大きな声で呼びかけられ、恵子に思わず「おはようございまーす」と返した。顔には自動的に笑顔が浮かんでいる。

黒いリネンのジャケットの袖をまくり上げた男が、恵子の脇をすり抜けて道路の方へと歩いていった。柔和な雰囲気だが残暑の厳しい折にジャケットを涼しげに着こなしているあたり、シャープな洒落者の印象もある。

子供を預けに来たパパ？　これまで見たことがない顔だ。いや、顔はあまり見えなかったのだが、今、保育園に頻繁に来る父親には、ああいった「今風」の出で立ちの人はいない。場違いといえば場違いなのに、こっちの方がずっと場違いな気がしてくるのはなぜだろう。

もう一度ガラスに映る自分を見ると、ついさっき「このままでいい」と思ったラフな格好が、急に引け目に感じられてきた。昔はこんなんじゃなかった。ちゃんと流行を意識して、そこから少し抜いたり加えたり工夫するのが楽しかった。あの頃の自分が今の自分の姿を見たら、失望するだろう。

もっとも、そんなことを考えていたのは、ほんの一瞬のことだ。下足箱に靴を収め、上履きに履き替えたとたん、気持ちはちゃんと切り替わって子供たちのことを考えていた。

2

「理李子ちゃん。リリちゃん、手遊びしよっか」

さっきから誘っていて、やっとこっちを向いてくれたリリちゃんに、恵子は明るい声で話しかけた。恵子の指先が動くのを熱心に見入って、眉間に小さなかわいらしいしわを寄せている。意志の強さ、芯の強さを視線に感じさせる子だった。慣らし保育初日で緊張しているはずなのに、泣いたりはせず堂々としたもので、これはかなり珍しいケースだ。

三輪理李子ちゃん。先月転園した子と入れ替わる形で、新しく園にやってきたオトモダチだ。とりあえず、保育士全員が理李子ちゃんのケアをすることになるが、クラスリーダーである恵子は、リリちゃんのことを、一番、気にしなければならない立場にある。


せっせっせーの、よいよいよい。たけやぶのなかから、おばけが、ひょーろひょろ。


最近クラスで流行っている手遊びを見せながら、あれ、と思った。

「おばけ」と言いながら、口をすぼめて顔を振りつつ、手も前で揺らす。この年齢の子供でも「おばけ」という言葉には反応するし、顔と手の動きと相まって、かなり受けるはずなのだ。なのに、リリちゃんは、表情を変えず、ずっと恵子の顔を見ていた。

恵子は手遊びを先に進めてみた。

おばけのあとから、こっけやさんが、こっけ、こっけ。

こっけやさんのあとから、おまわりさんがえっへん、おっほん。

それぞれ、コミカルな動きを自分なりにアレンジしてあって、効果には自信を持っていたのだが、これだけ無反応なのに珍しい。

もう一度、「おばけが、ひょーろひょろ」と仕草をしたところで、ふいにリリちゃんの視線が恵子を通り過ぎ、背後へと泳いだ。

よたよたと立ち上がり、恵子の脇をすり抜けて走っていってしまう。

「リリちゃん、どうしたの」

振り向くと、リリちゃんは、部屋の隅に寄せてある「妖精の家」に駆け込むところだった。新人の田村竜太が厚紙を使って作りかけているもので、保育士一人と子供が二、三人入れば満員になってしまう。壁には、外も内もパステル調の色紙でできた、切り絵の妖精たちが張り付けてあった。まだ屋根が取り付けられていないから、中に入り込んだリリちゃんが、こっちを見上げるのが見通せた。

「おばけ、こわーい」とリリちゃん。

へえっと思う。これまであまり口を開かなかったけれど、かなり言葉の発達が早いようだ。

「こわいね。でも、そこまではおばけはこないね。妖精さんたちのおうちだからね」

「リリちゃんのおうちー」と言って、口元を綻ばせる。

「あー、リリちゃん、笑ってるー」と男性の太い声。

田村竜太が部屋の対角線上で、両腕に一人ずつ抱っこしながらこっちを見ていた。

「やっぱり緊張してたんですね。ぼく早番だから朝からずっと見てたんですけど、リリちゃんやっぱりオトモダチの輪の中に入っていけなくて」

恵子はとりあえずのところ田村には目配せをするだけにして、リリちゃんと向かい合った。

「さ、リリちゃん、そこから出よっか。そのおうち、まだ完成してないんだ。寄っかかると壊れちゃうよ」

腕を伸ばして、妖精の家の上からリリちゃんを抱き上げようとする。

突然、キーッとガラスを擦り合わせるような音がした。最初、それが悲鳴だとは気づかず、周囲を見渡したほどだ。

「どうしたのリリちゃん」と呼びかけると、腕の中で体をよじる。さっきまでの落ち着きぶりからは、想像もできない。支えきれずにいったん妖精の家の中におろす。

するとピタリと悲鳴が止んで、涙混じりに「リリちゃんのおうちっ」と言った。

「リリちゃん、このおうちが好きなの?」

「リリちゃんのおうちっ!」

「きっとリリちゃんは、妖精のおうちのこと、気に入ってくれたんですよ」

歩み寄ってきた田村は、真剣なのかとぼけているのか分からない。

「そうかもしれないね……」

実際にリリちゃんは、厚紙の床の上にペタンと座り込むと、さっきの悲鳴なんて忘れたみたいに微笑みを浮かべている。

「大丈夫ですよね、きっと。こういう笑い方できる子って、すぐ馴染むような気がします」

「まったく、分かったようなこと言って……」

田村がベテランのような口調で言うのがおかしかったが、たしかに恵子もそう感じていた。


ひとしきりリリちゃんと遊んだ後で、急いで連絡ノートに雑感を記入する。さっきの悲鳴のことは少し気になったけれど、全般的に問題になるようなことはなかったから、園での遊びのことに字数を費やした。「妖精の家」が気に入ったということも。

「リリちゃんのノートって、パパが書いてるんですよね」と田村が言う。

父親の育児参加が大切というようなことが言われて久しいけれど、園の連絡ノートに自分で書き込んでくるような熱心な父親は少ない。登園初日からいきなりとなると、さらに珍しいかもしれない。

「リリちゃんは、送り迎え、両方ともパパだと言ってましたよ。なんかうちのクラス、パパの貢献度高いですよね」

「そういえば――」恵子は言った。「リリちゃんのパパって、きょうどんな格好してた？」

「ジャケットを着てましたね。お洒落なかんじで。どうかしましたか」

やっぱり、と思った。

玄関口ですれ違った男性だ。彼が通り過ぎた後の、あの不思議な感じがよみがえってきて、妙に居心地が悪くなってきた。

いったい、なんだろう。この感覚。

ちょうどその時、リリちゃんがオトモダチの遊びの輪の中にいるのが目に触れた。

心臓が高鳴った。

ああ、と小さくつぶやいた。

形の良い唇といい、少し潤んだかんじの目といい、そっくりじゃないか。

なんだ、そういうことか。

顔が火照る感覚があり、恵子はことさら落ち着いた口調で、「なんでもない」と言い切った。

三輪理李子という名前からも、恵子はそのことを予感していた部分があったと、今になって思う。もちろんそんなことはありえないと心の中で否定していて、だから今までちゃんと意識せずにいた。でも、リリちゃんの顔立ちといい、すれ違った時にちらりと見た彼の印象といい、間違いないのだ。

初日なのでお迎えは昼ご飯の前ということになっていたから、もうすぐだ。事務室に確認するとちょうど連絡があって、ほんの少し遅れるという。そこで恵子は、リリちゃんだけを廊下に出して、例の「妖精の家」で待つことにした。昼食が始まった室内だとリリちゃんがかわいそうだし、なにより、ここを気に入っているようなのがよい。娘のリラックスした様子を見れば、彼もきっと安心するだろう。

恵子はまたも次第に鼓動が高まっていくのを感じた。それでも、あくまでも表向きは冷静にリリちゃんを見守った。

階段を駆け上がる音がして、転落防止柵が開いた。

「すみません、遅くなっちゃって」と、うわずった声。

「パパぁ」リリちゃんの表情がぱっと輝き、ぴょんと跳びはねた。

「おかえりなさーい」と恵子が言うと、「おかえりちゃーい」と復唱する。

「ただいまあ、理李子、楽しかった？」

彼はどことなく女性的なニュアンスで言い、妖精の家の上から手を伸ばした。抱きついたリリちゃんは、あっというまに腕の中だ。今回は悲鳴の気配もない上機嫌。

「元気でした。泣いたのはほんの何分かぐらいだったみたいですし、すぐに気分転換して遊べたようです。明日はお昼ご飯をここで食べて、今週中にお昼寝まで行けると思いますよ」

「助かります、うち、つれあいがめちゃくちゃ忙しいんで、本当に助かります」

早口なのは相変わらずだなあと思う。

彼は恵子に気づいていない。どことなく胸がきゅんと痛んで、自分から「三輪君、だよね」と言い出すことはしなかった。

3

三輪君は、短大の時の合同サークルで一緒だった。彼は美術系の学校でデザインを専攻していて、恵子の短大にも似た学科があったものだから、交流がさかんだったのだ。サークル自体はどこにでもある「夏テニス、冬スノボ」タイプのもので、恵子は熱心に参加していたわけではない。

一年生の秋、たまたまサークル内のイベントの実行委員を務めることになって、同じ役割を引き受けた三輪君としばらく頻繁に連絡を取り合った。イベントが終わった後も時々、二人で会うようになり、付き合っているというわけでもないけれど、友達以上の関係であると意識していた。恵子が保育士資格の試験の準備を始めたり、三輪君がデザインの学生賞をとって身辺があわただしくなってから、自然と疎遠になり、卒業後は一度も会ったことがない。

彼が恵子に気づかなかったのは、仕方がないと思う。短大時代の恵子は、趣味はお洒落、と自他ともに認めるほどメイクや服装に気を遣っていたから、今とは全然違う。雰囲気ももっと余裕がなくツンツンしていた。短大時代の女友達だって久しぶりに会うと「ケイコー、変わったー。一瞬、わかんなかったよぉ」と言うほどだ。

三輪君と過ごした時間の記憶はもう霞がかかっている。デートらしいデートといえば、一度ディズニーランドに行ったくらいで、もっぱら映画を観たり、喫茶店でひたすらしゃべったりしていたっけ。

いろいろ思い出して、あらためて気づいたことがある。

一番親密だった頃、恵子は三輪君を尊敬していた。遊びたい盛りの大学生なのに、きちんと将来の希望と能力に見合った目標設定をしていて、着実にハードルを越えていくようなところが彼にはあった。恵子自身が、保育士になりたいとはっきり思ったのも、三輪君から刺激を受けたからだ。これまで「流されていた」としか思えない自分のことが恥ずかしくなった。短大のクラスの子たちと接するだけでは、決してそんなふうには感じられなかっただろう。恵子が目標を見つけ、自分の意志で足を踏み出せたのは、三輪君のおかげだ。今、ちゃんとデザインの個人事務所を構えつつ、こうやって「しっかり子育てするパパ」でもあるのは、恵子にしてみれば、実に三輪君らしくて嬉しかった。

ものの一週間もすると、「リリちゃんのパパ、がんばりますねぇ」と同僚たちが口々に言うようになった。恵子はそれがどことなく誇らしくて、つい「でしょ」と言いたくなって苦笑した。

連絡ノートに三輪君はこんなことを書いてくる。


おかえりなさいと、言ってくれますよね。ぼくにそういうふうに言われることがあまりなく、むしろ、おかえり、と言う立場なので、園に理李子を迎えに行くと、ほのぼのした気分になって救われるんです。保育園って預ける前は不安が大きかったんですが、実際にお願いすると、とても家庭的で安心できます。理李子にとっては、もう「第二のおうち」になったみたいで、朝なんて早く行きたいと急かすんですよ。母親との接触が少なくて「ママ欠乏症」のせいか、先生方をお母さんみたいだと思っているようで、お別れする時にも、まるで本当のママにするみたいに、べたーっと抱きついてますよね。なにかと気にかけていただいて、ぼく自身、園に行くたびにどことなく和んでしまっているわけです。理李子を通じて、知り合ったオトモダチも含めて、ここもひとつのおうちなんだなあって感じるんですよ。感謝してます。


恵子が覚えている三輪君の話し方とそっくり同じトーンの文章で、読むたびにまず微笑んでしまう。と同時に、三輪君も苦労してるんだなあ、と思う。リリちゃんのママは企業でＰＲの仕事をしていて、連日、深夜帰宅なのだそうだ。

「リリちゃんのおうち、ママの顔が全然見えないのもどうかと思いません？」と言い出したのは、クラス担任の中では恵子が一番頼りにしている久保佐智子だ。

久保は少し怒ったふうでもあり、それがおかしかった。

「まあ、いいじゃない。そういう家庭もあるよ」と恵子はいなした。それも三輪君の選択なのだ。

「リリちゃんパパと立ち話をしたんですよ。そうしたら、毎晩、リリちゃんが、ママぁって泣きながら眠るんですって。昼間は機嫌良くても、ねむたくなるとやっぱりママがいいそうで、これだけ長い時間一緒にいるのに不公平だって思うそうですよ」

「そうなのかあ、意外だなあ」

「意外って……？　なにがですか」

「いや、なんでも……」

三輪君は、本来、そういうことで不平を言うようなタイプじゃない、でも、こと子供が関係してくると、そうも言っていられないのかもしれない。特に、リリちゃんがママのことを求めて寂しくなっている時、三輪君にはどうしようもないわけだし。

これに関連して、ノートにこんなことも書かれている。


この前、ノートで教えていただいた悲鳴のこと、ちょっと似たことがあったんです。テレビを観ていて家族の団欒みたいなシーンがあったんですね。小さな子供がいる家族でした。「おうちは楽しいね」みたいな会話があって、理李子はそれをキャッチして、「リリちゃんのおうち、どこー？」って聞くんです。それを観ていたのは自宅の居間なので「ここがおうちだよー」って言ったんですが、「ママどこ？　おうちどこ？」ですって。「だから、ここだって」と言うと、キーッと金切り声をあげたんですよ。

リリちゃんのママ欠乏症はなかなか深刻で、この年齢だとママ＝おうち、だとリリちゃんが感じるのも自然だから、ママへの気持ちが、そのまま「おうち熱望」症候群になっているのかもしれなかった。

目下、リリちゃんのお気に入りの遊びは、ままごとだ。例の妖精のおうちに入って、「家族」を演じる。自分がママの役をとるのではなく、誰かにママの役割をしてもらいたがることが多く、思い通りにならないと例の悲鳴をあげる。ママの役に収まるのは女性の保育士で、もしも、田村が近くにいれば彼をパパに見立てる。「おかえりなちゃいー」と呼びかけるのはママに対してで、このあたりは家庭環境を如実に反映していた。ままごとの時ではなくても、妖精の家を指して「おうち、おうち」と連発し、「リリちゃんのおうち」と宣言することもよくあった。

リリちゃんはどことなくカリスマ的なところがある。クラスに馴染んでくるとすぐに存在感を発揮し、遊びの流行を作り出す何人かのうちの一人になった。リリちゃんが気に入って覚えた手遊びはみんなに伝染したし、妖精の家のままごとは誰もが入れ替わり立ち替わりパパとママと子供の役割を演じる、定番の遊びになった。

シフトが遅番の時、恵子は六時前後のお迎えラッシュの時間帯を、妖精の家の中で過ごすことがたびたびあった。リリちゃんのほかにも、何人かのオトモダチがいて、「おうち」ごっこに興じつつ、ママがやってくると、「あ、本当のママだー」と言って去っていく。

保育士になりたての頃、昼間はあんなに慕ってくれた子供たちが夕方になってお迎えが来ると

「ママー」と甘い声を出し、それぞれの家の子供に戻っていくのが、どことなく寂しかった。やがてプロ意識が育ってくると、そんな情緒的な部分は自然と抑えられて、「家の子供」に戻った瞬間の表情の輝きを素直に楽しめるようになったのだが、それにしても、一日の仕事の出来不出来はこの時の子供たちの笑顔にかかっているような気がして、恵子にとっては特別な瞬間には違いなかった。

その日は、リリちゃんが、最後に残った。たしか、連絡ノートにはターミナル駅での打ち合わせがあって、終わり次第飛んでくるというように書かれていたはずだ。

「いやあ、遅くなっちゃって――」

転落防止柵のところから大きな声がしたのは、保育時間ぎりぎりの六時半前だった。

「おかえりちゃーい」

「おかえりなさい」

リリちゃんと恵子が声を揃えて言うと、彼は息を切らせながら「ただいまー」と応えた。学生時代には見慣れていた、例の柔和な表情だった。

「お疲れ様でした、お仕事ご苦労様です」

「ありがとうございます。ここに来るとほっとします。これから散らかった自分の家に帰るのを考えるとげんなりしちゃって」

「おうちー」とリリちゃんが大きな声で言う。妖精の家を指さしているのだ。

「そうだね、おうちだね。理李子のおうちなのか」

「おうちー、パパ、ママ、おうちー」

ママと言う時にリリちゃんは恵子を指さした。なぜか急に顔が火照るのを感じた。自分でも戸惑う。

「リリちゃん、元気でした。もうすっかり馴染んでますよ。ずっとクラスにいたみたいなかんじで――」

恵子は緊張すると声がうわずるのを自覚している。これは子供の頃からずっとそうだ。三輪君にそれをからかわれたこともある。そろそろ、言ってしまおうか。わたしたちが、学生時代、近くにいたってことを。

「ところで――」と三輪が言いかけて、途中で戸惑うように言葉を止めた。

階段を上がる足音がして、田村と久保が転落防止柵の向こうから顔を出した。

「もう上がりますー、お先に失礼しまーす」と言って久保はロッカーの中に入っていく。

田村はつかつかと近づいてきて、大きなプラスチックの玩具箱の中身を整理し始めた。

恵子はなぜかほっとして、「また、あしたね、リリちゃん」と頭を撫でた。背中を見送った後も、顔の火照りがしばらく残っていた。

4

保育士の仕事は、天職だとつくづく思う。

恵子はこれまで何度も思ってきたし、これからも何度もそう思うだろう。

それにしても、新人時代のあの新鮮な感覚にはもう戻れないとも感じていた。子供が親に引き取られて帰っていく時に一抹の寂しさを覚えていたのは、つまり、自分がそれだけ感情移入していたということだ。

ところが、今、何かが変わりつつある。リリちゃんがやってきて、これまで恵子の中で一度は眠ってしまった部分が揺り動かされ、目を醒ますのを自覚する。

仕事を持つ親が育児にかかわれない昼間の時間帯、その場限りの母親として子供たちを守る。十年以上毎日してきたことなのに、深く強く思い入れるから、子供たちとの時間の一瞬一瞬がいとおしくなる。


理李子はよくパパとママを呼び違えたりするんです。ぼくに対して「ママー」とわざと呼びかけて、そのあとで、「パパー」と訂正したり。でも、園に入ってから、それが少なくなりましたね。ぼくをママに見立てる必要がなくなったんでしょうね。メンタル面は、好調続きです。ただ、きのうあたりから、体調が下降気味かもしれません。うんちがやや柔らかめです。そういう時、リリは「ウンピー」って言うんですよ。「うんちがぴーっ」だねと言っていたのが自然と定着しちゃって……。


ノートを読んで、思わず目を細めてしまった。

三輪君は、本当に相変わらず、だ。学生時代に抱いていた自分の将来への野心にせよ、今目の前にある育児にせよ、一生懸命だし、でも、がむしゃらというより自然体で、地に足が着いている。

たしかに軟便気味ですね。本人の食欲はあるので心配ないと思いますが、園の看護師と相談して、消化が悪そうなものは少なめにしました。
機嫌は終始よくて、オトモダチのおむつ替えを手伝いたがったり、泣いている子を遊びに誘ってあげたり、おねえさんぶりを発揮しています。あと、なんでも「じぶんで」という言葉が聞かれるようになってきていますね。きょうも、食事の前に遊んでいた積み木を片づけるのを、保育士の助けを断って、「じぶんで」と頑張っていました。全部きれいに並べられた時、「できた」と言ったリリちゃんの顔、輝いていました。

家に帰ってから、「積み木かたづけたの」と聞いたら、ちゃんと憶えていて、「リリちゃん、できた」と言っていました。ぼくが見ていると、つい手を出してしまって、最後まで見守ってあげないことが多いので、反省です。今はいろいろ自分でやりたがる時期、なんですね。
食事の件、ありがとうございます。家に帰ってすぐうんちが出たのですが、それはむしろ硬めで、うーんうーんとうなりながら出していました。もう心配することはなさそうです。その代わりといったら変ですが、口内炎ができてしまって、栄養のバランスが悪かったのかこれまた反省です。でも、野菜、食べたがらないんですよねぇ。園ではちゃんと食べているんでしょうか。

園でのリリちゃんは、好き嫌いせずになんでもよく食べていますよ。それどころか、保育士の介助を断って「じぶんでっ」と食べてしまうことが多いです。食べる早さもクラスで一、二を争うくらいです。たぶん家では甘えん坊になっているんでしょうね。無理に食べさせようとしなくても、そのうちに自分から食べるようになるかもしれませんよ――。

こうなると交換日記のようだ。かけがえのない小さな生命を守るために自分と三輪君が一緒に子育てをしている感覚。いや、感覚だけではなくて、本当にそうなのだ。リリちゃんに足りない「ママ」を埋めて、愛情を注ぎ込む。妖精の家の中で、三輪君を迎えるたびに、新人時代とはまた違った形のこの上ない充足感を覚えた。

「おかえりなさい」

「おかえりちゃーい」

「ただいまー」

これって、本当のおうちみたいじゃないか。こんな暮らしも悪くないと思い、でも、これはこの場限りの疑似家族なのだと自戒し、それが分かっているなら、楽しめばいいじゃないかと考え直す。これは保育士の醍醐味なのだから。なぜか自分の母の顔が思い浮かんで、胸がちくりと痛んだ。

5

保護者会の出欠確認票を整理していた久保佐智子が、「あら」と声をあげた。

「リリちゃんのママが来るんだ。午後半休を取って出席します、だって」

「そうですか、それはよかったですね。リリちゃんも喜ぶんじゃないでしょうか」渡嘉敷尚代がとぼけたかんじで合いの手を入れた。

四人の担任保育士が、全員顔を突き合わせて話をすることができるのは、子供たちが昼寝した後の時間帯だけだ。テーブルを囲み、それぞれ書き物の仕事などをこなしたりしながらも、余裕がある時には雑談することが多い。

「そういえば、最近、秋月先生、元気がないわね。かなり痩せたんじゃないかってみんな言ってるわよ。田村先生、なんか聞いていないの」

背中を丸めて連絡ノートに書き込んでいる田村に、久保が聞いた。

「ええっとですね。こんなこと言っちゃっていいのかなあ……秋月先生は、彼女にふられちゃったんですよ。詳しくは知らないですけどね」

秋月康平は田村の同期で、零歳児クラスを担当している。痩身の爽やかなルックスのせいで、園に子供を預けているお母さんたちや、年齢の高いクラスの女の子、若い保育士の間で人気が高い。とりわけ年長の女児たちの間では「王子ちゃま」などと呼ばれていて、本人もまんざらではないようだ。

「理由は分かる気がしますね」と渡嘉敷。「聞いたことあるんですよ、そういうパターン。保育士やってる男の人を尊敬できないみたいな気分になる女の人っているんですね。でも、田村さんどうしますか？　秋月さんさえふられちゃうんですからね。この仕事してて、ちゃんとお嫁さんもらえるんでしょうかね」

渡嘉敷は勤続三十年近いベテランで、彼女が「聞いたことがある」話もずっと前のことだろう。

なのに渡嘉敷が淡々とした口調で語ると、どことなく本当らしく響くから不思議だ。

「えー、そうですかあ。そんなことないと思いますけどね」

田村の方も、特に危機感を持ったようでもなく、淡々としている。恵子は久保と目を合わせて、含み笑いをした。

「女の先生でも、結婚してない人、たくさんいるじゃないですか。大沢先生は、これだけ子供がたくさん目の前にいると自分の子供を持つことなんて考えられなくなる、とか言ってましたよね」

恵子ははっとして、口を半開きにした。

「そうだったか、な――」

たしかにそのようなことを、田村に言った気がする。それも、つい最近のことだ。リリちゃんと遊んでいるうちに高揚した気分になって、自然とそんな言葉が出てきた。でも、他人の口から言われると、なぜかひどく一面的な物言いに響く。自分の顔から、さっきまで浮かべていた微笑みが失せるのが分かった。

「大沢先生、どうかしましたか。顔が蒼いですよ」と久保。

「なんでもない」と恵子は答えた。

些細なことでバランスが崩れる。息が浅くなって、冷や汗が浮かんできた。

「夏風邪、ひいちゃったかな」と言ってみる。

「クーラーのつけっぱなしで寝てるんじゃないでしょうか。あれはカラダに悪いそうですからね。うちの近くの耳鼻科でクーラーと耳の病気の関係を研究している先生がいましてね――」渡嘉敷が言うのが、遠くから聞こえた。

子供と接しているうちに、調子は戻る。それが長年の経験則だった。でも、この日は昼寝が終わった後も、ひとりで和室に籠もり保護者会のための資料を仕上げなければならなかった。

恵子はデスクワークがあまり好きではない。おまけに今年のめだか組にはメンタルな部分で問題のある保護者が何人かいて、彼ら、彼女らにどう接するべきか考えるだけで気が重たかった。

さらに、夕方、居残って仕事をしていると、遅番の久保から声をかけられた。

「お知らせしなきゃならないことが……」おずおずと言う。「三人目、できたんです。今、四カ月です」

「おめでとう。ミカちゃんとカナちゃんも、とうとうお姉さんになるんだね。もう、どっちか分かってるの？　まさかまた双子ってことは……？」

「さすがに今度は一人みたいです。性別はまだ分からないですね」

「四カ月ってことは、予定日は一月？　二月？」

「一月です」

「なら十月からは産休だね」

「年度の途中で抜けるのは悲しいんですけど」

「まあ、なんとかなるさ。田村だって、その頃までには少しは頼れるようになってるだろうし。それよりも、今は元気な子を産むのが一番の仕事だって割り切った方がいい。つわりが酷い時なんかは、ほかのみんなでカヴァーするから、遠慮なく言ってくれていいから」

「ありがとうございます」

普段ならなんてことない会話だった。いや、それどころか、久保の個人的な慶事を一緒に喜べたはずだ。でも、この時の恵子は正直なところ、一番信頼できる同僚が離脱することに失望していた。それが微妙につっけんどんな受け答えにも出てしまったような気がして、落ち込んだ。

さっそくつわりを訴えた久保を早めに帰し、最後に残ったリリちゃんと過ごしていると、例によって「ただいまー」と声がした。

ここにいるのはもう、恵子とリリちゃんの二人だけだ。最近、だんだん日が短くなってきて、窓の外は、もう薄闇の時間だった。三輪君はなぜかきょろきょろとあたりを見渡してから、もう一度恵子を見た。

「ひょっとして……気づいてないの……大沢さん」

意味が染み渡ってくるのにしばらく時間がかかった。

「三輪君の方こそ、気づいていないんだと思った」

「まさか。名前を見た瞬間から、大沢さんのことだと思ってた。よかったら、このメールアドレスにメールをくれない？」

恵子に手渡したのは名刺だ。

「ほかの先生がいるとこじゃ、渡しにくくてね」

恵子はエプロンのポケットにそそくさと落とし込んだ。こういうのは受け取れないんだと、三輪君に言うべきなのに、勝手に体がそう動いていた。

恵子は私鉄を乗り継いで帰宅する。園からはドア・トゥ・ドアで三十分ほどだ。下町っぽい賑やかな商店街が好きで選んだ街だが、自宅マンション近辺の路地は人通りが少なく、恵子は時々心細く感じることがある。

ドアを開けると、中には暗がりと熱気がわだかまっていた。恵子は照明をつける時間も惜しんで奥まで行き、窓を全開にした。灯りをともしてから、ソファに座り、はあと息を吐き出す。その音が大きく響き、自分がこの場所でひとりなのをことさら強く感じさせられた。もう九時前だ。自分だけのために食事を作るのは億劫で、近くのコンビニに弁当を買いに行こうかと逡巡する。結局、動く気になれず、テレビをつけたら、バラエティ番組の騒々しい笑い声が空々しく感じられた。

区が家賃補助をしてくれているワンルームマンションだ。狭いなりにきちんと整理整頓してあって、住みやすい。昔のような衣装持ちではないから、クローゼットも作りつけのものだけで充分だし、食器や調理器具のたぐいも必要最小限しかない。たまに友達が遊びに来る時以外は恵子一人が充足するためだけにこの空間はある。モノにしても空間にしても、「必要最小限」を最大限に使い切ることは、恵子の性分に合っているらしく、貧乏くさいだなんて感じたことがない。お洒落をしていた頃だって「使い回しの天才」だった。

なのに、今夜に限っては、だめだった。ひどく惨めな気持ちになった。この小さな部屋の外側に渦巻いている暗闇が、窓の隙間や壁の通気口から入り込んでくる。それを振り払うことはひとりきりでは無理だ。

恵子は壁の一角に目をやった。そこには、子供たちが描いた絵が何枚か張ってある。昨年度、担任していた最年長クラスのひまわり組の子供たちが卒園記念にくれたものだった。お気に入りは画用紙の中心に小さな羽根を持った恵子が笑っているのを描いたものだ。天使なのか妖精なのか分からないのだが、それを描いた子は恵子のことを「ママみたい」と慕ってくれていて、今でも通勤の時に道で出会うと抱きついてくる。

気分が落ち込んだ時、これを見るだけで気持ちが引き立つ。しかし、というか、やはり、というか、きょうはこれが通用しない。むしろ、鬱陶しく感じ、見ていられず、そんな自分がますます嫌になり、キャスター付きの姿見を動かして、隠してしまった。

はあっと、ふたたびため息をつく。

久保は今頃、双子の娘を寝かしつけている最中だろう。彼女みたいに、家庭を持つというのはどういうことなのだろう。自分だって、結婚を望んでくれた男性がいなかったわけじゃない。なのに、選ばなかったのはなぜだろう。

三輪君にメールしてみようかとふと思った。三輪君は、今の状況を不公平だなんて本当に思っているのだろうか。わたしだって不公平を感じると、言ってやりたい。何がと言われると困る。でも、心の底に溜まった鬱屈感は、こんなはずじゃなかった、何かがおかしい、と恵子に告げている。

リリちゃんの顔が思い浮かんで、メールをするのを思いとどまった。寝かしつけの時間のはずだ。三輪君とリリちゃんが仲良く横になって、背中をトントンしたりしているのだろうか。そこに母親がいないことに対して、小さな怒りすら感じる。これだけ必要とされているのに。いくら仕事が大事でも子供のことは父親に任せきりにはできない部分があるのだ。

もしも——と思った。学生時代、変に意地を張らずに、三輪君とつながっている努力をしていたらどうだっただろう。恵子は三輪君に惹かれていたけれど、同時にライバルのようにも感じていて、三輪君が賞をもらって忙しくなった時、彼に合わせるよりは、自分の方も別のことで忙しく立ち回ることを選んだのだ。そういう時期を乗り越えて、もっと仲良くなって、結婚するというようなシナリオだってありえたはずだ。そうしたら、リリちゃんのような娘が生まれただろうか。保育士の仕事をやめずに、とはいっても、ちゃんと夕食を作る時間には家に帰って、みんなで食事をし、賑やかなおうちを作れただろうか。

なんだ、わたしも、リリちゃんと一緒で、おうちを求めているのだと思った。

携帯電話のミッキー・マーチが鳴った。番号表示を見てため息をついた。

やはり、母はどこまでも追いかけてくる。これじゃターミネーターだ。なのにそれがありがたく、すがるように通話ボタンを押した。

「恵子、分かっているの？　いい歳の女が、守る家庭を持たないのは問題なのよ。家に入れと言ってるわけじゃないの。家を持てと言ってるの。保育士の仕事だって、続ければいいっておっしゃってくださるのよ。同じところは無理でも、こっちで私立の保育園を探せばいいでしょう」

反論するだけの力が、今の恵子にはなかった。なぜこんなふうになってしまうのだろう。ついきのうまでは、あれほど充実していると思っていたのに。

「来週よ。分かったわね。急だけど先方はもうずいぶん待ってくださっているの。必ず帰ってきて」

「あ、うん……」

言葉を濁すうちに母は電話を切ってしまった。

6

保護者会は夕方四時半からの開催だから、仕事が忙しくて出席できない親も多い。会社勤めの出席者はだいたい午後半休を取ったりしてくれているようだ。

この日はめだか組十八人の子供のうち十二人の保護者が集まった。かなりの盛況だと言える。会場は一階のひまわり組の部屋を使わせてもらう。低いテーブルを組んで正方形にして、全員が互いの顔が見えるように配慮する。保護者会は、保護者同士の親睦を深めるという側面もあるので、こういうことも大事だ。

会の最初には、園長が顔を出して挨拶。これだけが形式張った部分で、あとは現場の保育士と保護者との間での対話になる。保育士全員が出てくるわけにもいかないので、クラスリーダーである恵子と、久保佐智子が代表して降りてきた。

「わたし自身、子供が二人いまして、保育園に預けながらこの仕事をしています」と久保。「みなさんと同じように、悩みながら子育てをしていますので、立場が近いかな、と思います。きょうはいろいろお話しできれば、と思います」

久保は、朗らかだが深みのある、独特の抑揚で話す。聞いている側に、安心感をもたらす、まさにこの仕事に向いた話し方だと、常々、恵子は思っている。

「一歳児クラスのめだか組は、去年のひよこ組から持ち上がってきたお子さんと、今年からのお子さんが一緒になって、みんなで元気にやっています。ひよこ組さん時代とは違って、オトモダチとのかかわりが気になりだしてますし、逆にモノをとりあったり、とかで、ケンカをすることも増えてきました。トラブルも発達の過程ですので、わたしたち保育士は怪我だけには気をつけながら見守るようにしています。何かを自分だけでやり遂げたいという気分も出てきてまして、今、クラスでの流行語は『自分でっ』なんですよ――」

保護者たちが久保に注目している間、恵子は参加者たちの様子を観察することができた。だいたいが母親だが、二人だけ父親の参加がある。これは恵子が保育士になった頃から比べても大きな変化だ。母親が主流なのは変わらないにしても、逆に父親が一人も参加しない保護者会も珍しい。

保護者たちの顔はほとんど分かっている。ただ数人、はじめて見る顔があって、それは普段はシッターさんや祖父母に送り迎えを任せている母親たちだった。

それぞれ名札をつけてもらっているから、リリちゃんママはすぐに分かった。恵子は視線をそちらに向けそうになるたびに、あわてて目をそらす自分を意識していた。それでも視界の隅で、イメージよりもずいぶん小柄だなあなどと知らない間に観察している。

久保によるクラスの概観が終わって、恵子が話す段になった。めだか組の今後の方針、そして、課題、などなど。

「今、やっと、ひとつのクラスとしてのまとまりが出てきたところなんですね。日中、園での時間を楽しく過ごすことができるのを前提に、これからいくつかの面で心がけていこうと思っていまして、まず、トイレトレーニングなんですが、積極的に始めていいます――」

なんだろう。声がうわずっている。

恵子はもともと保護者会が得意ではないのだ。新人時代は自分よりも子供とかかわっているキャリアが上の保護者たちにいかにも専門家ぶって話すのに苦痛を覚えた。今ではキャリアだけは長くなったけれど、居心地の悪さは変わらない。とはいっても、きょうはいつも以上だ。伝えるべき必要最小限のことを、駆け足で話してしまう。

保護者同士の親睦を兼ねたフリートーキングに入って、場は盛り上がる。こういうのは、参加者次第で、賑やかにも、お通夜のようにもなるのだが、今年のめだか組は物怖じしないで話す母親が多く、この日もさかんに言葉が飛び交った。

「うちなんて母子家庭じゃないですかー、おまけに母も――あ、あたしの母ってことですけど――がんの手術から今回復期で、ヘルプは期待できないしー、もう、手がまわんなくて、子供にはストレスかけてると思うんですよねぇ」

タカちゃんママがまくし立てると、今度は優花ちゃんママが、「うちも似たようなものですよ。でも、みなさん、おむつ外しってどうやってますか」と話を振る。

うちはもう成功した。いや、なかなかタイミングがつかめない。園ではどうなのか。ひとしきり話題が弾む。こういう司会は久保に任せておけば、本当に如才ないから、恵子は安心していられた。

「うちもけっこう苦労したんですよ。最後の最後は保育園がしてくれたようなもので……というわけで、トイレトレーニングについては、さきほど説明しました通り園でもやっていきますし、あまり深刻にならない方がいいと思いますよ」

久保がまとめると、それで話題がストンと落ち着く。

「それでは、まだ、発言なさってない方で……リリちゃんのママ、いかがですか」

久保の声に反応して、リリちゃんママが顔を上げた。

「わたしは送りもお迎えもしないので、園に来るのは最初に見に来た時以来二度目で、ちょっと緊張してます」

本当に緊張しているみたいで少し唇が震えていた。メゾソプラノのかわいらしい声だし、見た目の印象も線が細い。三輪君も線が細い方で、似た者夫婦というかんじがしなくもない。

「うちではパパに任せきりになることが多くて、わたしがいるとずーっとべったりになるんです。できるだけ一緒にいようと思うんですけど、そうもいかなくて……」

できるだけ、じゃだめなんだ。恵子は思わず手に力を込めて握った。リリちゃんは、ママ欠乏症で、ママがいないおうちをおうちだと感じられずにいるのに、娘の痛みを分かっていないのだ。

「リリちゃんは、園ではがんばってます」恵子は言った。「リリちゃんのお気に入りの遊びは、紙でできた妖精の家でのままごとなんですよ。保育士に母親をやらせて、甘えたいみたいなんですね」

自分の言葉の中に含まれているさりげない棘に、自分で驚いた。

「そうなんですよねぇ」久保が少し大げさにはしゃいだ声で割り込んだ。「リリちゃんはいつも流行の最先端で、遊びを流行らせるのが得意なんですよ。今はクラスじゅうでままごとが流行ってます。やっぱり個性があって、絶対にママの役じゃなきゃだめだって子もいれば、子供の役で保育士に甘えたい子もいますしね。あ、リリちゃんママも、時間がないなりに、濃い時間をリリちゃんと持つようにされてるみたいですよね。それってすごく大事だと思います。働きながら子供を育てていると、いつでも一緒、というのは無理なわけですから、一緒にいる時間をできるだけ濃くかかわることが大切ですよね」

うんうん、とうなずく母親たち。父親たちもだ。「なんかいい話を聞いたぞ」とでもいうように腕を組み、顔を上下に動かす。ひどく居心地が悪い。なぜなんだろう。ここにいる母親たちも、父親たちも、自分とはまったく立場が違う。いや、久保ですらそうだ。リリちゃんママがあまりに忙しいことに、以前は憤っていたくせに。

リリちゃんママは、うつむいたまま何度もうなずいていた。彼女なりにキャリアと子育ての狭間で悩んでいるのは分かるけれど、それを調整できないなら子供を産むべきじゃない。しわ寄せがいくのは子供の方なんだから。産む前にちゃんと考えたのだろうか。恵子にはただ状況に流されて産んでしまった母親の典型のような気がする。

「そうですよね」リリちゃんママは言った。

「今はたまたま忙しいんです。半年後も同じってわけじゃないし、この瞬間を乗り切ればもっと時間がとれると思うし――」

「久保先生、またお子さんが増えるって本当ですか」どこかから言葉が飛んだ。

「あら、いやだ。どうして、分かったのかしら」

爆笑がわき起こった。さっきまで神経質に唇を震わせていたリリちゃんママですら、屈託なく笑った。

それで気づいた。ここにいるすべての人は、自分を除いて、子供の親なのだった。がんばっている人も、それほどでもない人も、とにかく、子供のための「おうち」を維持している人たちなのだった。

保護者会が終わった後、ほとんどの子供が「お迎え」ということになる。リリちゃんは、最初、びっくりしたように目を丸くすると、すぐに妖精のおうちを飛び出して、甘い声で「ママぁ」と言いながらしがみついた。

すぐ後ろにいる恵子のことを、一顧だにしなかった。

心の中でぷっつりと何かが切れる感覚があり、そして、ほうっと諦めとも安堵ともつかないため息をついた。

7

実家で過ごした三連休で、心身共にリフレッシュというわけにはいかないのが、つらいところだった。昔あれだけ口うるさかった父が、定年がすぐそこに近づいて役職離脱してからは、すっかり角が取れてしまったのはうれしい誤算。でも、それに相反して、母の方が「家庭を持つ」ことの大事さをこんこんと説き続けるものだから、気が休まる暇がない。

日曜日は、母念願のお見合いに行った。いまさら断るわけにもいかないところまで追い込まれ、実際に会ってみれば、たしかに母が推奨する通りの誠実そうな人柄で、二人の間に子供が生まれれば、それだけで成立する「おうち」が簡単に想像できた。

「ね、いい人だったでしょう」と繰り返す母に、「そうだね」と返事をし、「じゃあ、式の日取りは?」と先走るのには、「そんな簡単なことじゃないでしょう」と釘を刺す。

ここはもうわたしのおうちじゃないんだ、と実感する。実家ではあるけれど、おうちとはもう呼べない場所。

短大は地元から通えるところにあったから、その頃の友達もかなりここに残っている。母から逃げ出すように、恵子は古い友人に会いに出かけた。普段からメールのやりとりをしている今も仲の良い元同級生たちが、恵子をネタにして集まって、久々の姦しい昼食会となった。

集まった五人は全員が結婚し、四人が子供を持っている。恵子はここでも自分が少数派になっていることを自覚した。

恵子をネタに集まったとはいえ、話題は子供のことに終始する。良妻賢母を育てるのが設立理念だった短大なので、仕事を持つ意義を感じている同級生は少なめだったし、地元に残った友人にいたっては全員、「短大を出たら花嫁修業をして嫁ぐ」というような価値観の持ち主だった。恵子は学生時代、そんな彼女たちが自分の意志を持ちえずにただ流されているようで物足りなく思う部分もあった。それが、今では立派な母親として、この土地に根を張っている。

祝日の月曜日の午後遅い時間、恵子は実家を出た。ＪＲと私鉄を乗り継いで、大きな川を三つ渡ると自宅の駅だ。少し遅めの夏祭りが地元商店街の主催で開かれていて、ずいぶん賑やかだった。路地裏にまで屋台が出店しており、子供たちの歓声があちこちからあがっていた。

道すがら、三輪君からのメールが頻繁に入った。この週末のうちに初メールをして、以来、何度かやりとりがある。

「お見合い、どうだった？」「結婚する気になった？」「保育園やめちゃうの？」などなど。

「いい人だったよ。でも、結婚は分からないよ」と返すと、今度は「ねえ、今度、外で会おうよ。

つれあいが早く帰ってくる日がないわけじゃないんだ。前から分かってれば、ぼくだって外に出るチャンスになるし。普段ため込んでる分、ぱーっとストレス発散しないとね」と来る。

恵子は思わず苦笑する。三輪君ってこんなに軽かったっけ。

「保育士は自分の園に子供を通わせている保護者と個人的に会ってはいけないんだよ」

「そんなこと言ったって、ぼくらは保護者と保育士って関係以前に、ずっと知り合っているわけで。あの時、終わったところから先に進んでみてもいいんじゃないかなあ」

思わず、心の中で爆笑。道を歩きながら、表情も綻んだ。本当に三輪君、変だ。終わったところから先ってなんだろう。

「先に進んだから、今、わたしたちはこうやってメールしてるんだよ」と打ち返す。

「ごもっともです」と返事が来たところで、自宅マンションについた。

いつものように窓を全開にし、同時にエアコンの電源も入れる。いつも静かな立地なのに、きょうに限って街頭の喧噪がはっきりと伝わってきた。

「それじゃあ、おうちについたから」

恵子はメールを打ち、そのまま電源を切った。

三輪君とだらだらメールを続ける気分でもなかったし、母からの電話もきょうは遮断しておきたかった。

部屋着になって姿見の前に立つと、その背後で妖精の翼を持った自分が微笑んでいた。

わたしはどこに行くんだろうと、口の中で小さく言ってみる。

不思議なことに、目標を持って一歩一歩、歩いてきたはずの自分が遠くまで漂流し、流されていたはずの友人たちがむしろ今ではしっかりと「おうち」に根を張っている。

三輪君はどうなのだろうか。

リリちゃんを介して、明日からもわたしたちはおうちを形作る。ほかの園に異動したり、リリちゃんが卒園するか転園するまで、たとえクラスが変わってもどんな形ではあっても続いていくだろう。

窓を閉めた後も、遠くから近くから届くさまざまな声が部屋の中を飛び交っていた。

ふと、この仮初めの家族が終わった時、きっと三輪君と二人きりで会うだろう、と思った。

そうしたら、彼がどんなおうちを望み、実際にどんなものを作り上げてきたのか。選んだと思っていたものが、実は意志にかかわらず追い込まれたものだったことはないのか、聞いてみたいと思った。

8.　元気せんせい

十月　元気せんせいがやってくる

同僚の久保佐智子が産休に入ったのは十月の最初の週で、代替の臨時職員が来るまでの数日間、担任を持っていない窪川主任がシフトに入った。たったそれだけのことで、一歳児クラスめだか組の空気が変わった。久保がいた頃、クラスがやんわりした暖色に包まれていたのに対して、もっとシャープで機能的な雰囲気というか。

そんな中、田村竜太は自分が歯車のように機能するのをはじめて感じた。子供たちを、迎え入れ、遊び、食べさせ、おむつの処理をし、着替えさせ、眠らせ、起こし、また遊び……最後は保護者に受け渡す。半年の実務経験の中でやっとコツをつかんだ部分もあって、毎日の仕事を余裕を持ってこなせている実感があった。

でも、どこか味気ない。仕事に慣れれば慣れるほど、子供たちとの接し方が同じになってきて、なんとなく流している感覚になってしまうのだ。以前はよく泣いた裕紀ちゃんも、孤独癖があったタカちゃんも、すぐにオトモダチに嚙みついてしまっていた優花ちゃんも、今では竜太の言葉に素直に反応してくれる。信頼されてるんだなあ、と思う。

「かなりいいかんじになってきたね。きみがいるとクラスにどんと重心ができたみたいで落ち着くんだな」とクラスリーダーの大沢に言われた。

うれしい反面このままじゃだめな気もしてしまって、素直に喜べなかった。ここのところなんか張り合いがないんですよねぇ、なんて大沢には言えない。

夏が終わったあたりから心境著しく悪ガキの雰囲気も出てきたタカちゃんが、オトモダチに頭突きを食らわせて泣かせてしまったり、いつもどこか物憂げな理李子ちゃんが血色のよくない顔で一人遊びをしていたり……。そういうトラブルの芽を見つける方が、竜太には「保育している」という実感があるみたいなのだ。

「それはね、田村には保育の理念ってやつがないからじゃないか」と言い放つのは、同期の秋月康平だった。「理念とか、理想とか、せめて目標、とか。そういうものがあれば、目の前の子供たちが満ち足りた時点で、今度は自分が思う方向の保育に持っていこうって努力を始められるだろ」

ここのところ秋月は暇なようで、よく竜太を駅前の喫茶店に呼び出した。この時は、もう一人の同期、中島ルミも一緒で、それぞれの愚痴を言い合ううち、竜太は最近の悩みについてぽろりと漏らしたのだった。

「土曜日の午前中からこういう話って、あまり建設的じゃないですよねぇ」とルミに突っ込まれながらも、同じ立場でああだこうだと言い合える仲間はこの三人以外にはいなかったから、ついこういうことになってしまう。

「だからさ、田村もちょっとは理念を持ったら」秋月がやけに断定的に繰り返し言った。

「うるさいなあ」そうもはっきり言われると、さすがの竜太も傷つく部分がある。

秋月が言うことはたいてい的を射ているからやっかいだ。たしかに竜太には理念なんてものはない。ただ、目の前の子たちのことだけでいっぱいいっぱいだ。

「理念なんて、あたしにもないなあ」とルミが言うのがわずかな救いだった。

「そうだ、久保先生の代わりの先生が、月曜日から来ることに決まったらしいですよぉ」とルミが続けて言う。

「そうそう、窪川主任の昔の同僚で、たしか天野さん、だっかな。かなりデキル人らしいよ。田村は目の前で仕事ぶりを見ることになるわけだから、いろいろ勉強になるんじゃないか」

「え、そうなんだ……」

窪川主任が来週もシフトに入ると思っていた竜太にとって、青天の霹靂と言ってもよい情報だった。それにしても、ルミも秋月も、どうして、そんなことを知っているのだろう。もちろん、昔、出産を機にやめた保育士が子供が大きくなったらふたたび現場に臨時職員として戻ってくるのはよくあるパターンだ。そのこと自体、別に不思議でもなんでもないが、竜太が知らされていないのが問題なのだった。

「とにかく理念、だよ、田村」と秋月が追い打ちをかけるように言った。「それがないとさあ、一生の仕事にならないぞ」

「分かったよ。もう！」と竜太は頰を膨らませた。

午後からは園に顔を出した。とはいっても、土曜保育の担当ではなく、窪川主任から頼まれた仕事を片づけてしまわなければならなかったのだ。

月曜日に開かれる十月の誕生会で使いたいので、急遽赤いマントを作ってほしい。大きさは、身長一六五センチの人が振り回せるくらいで——というかなり緊急で、具体的な注文だった。

竜太は二階の和室に籠もって針仕事をすることにした。主任ってそんなに背丈があったっけと不思議に思いつつ、注文通りの大きさに赤いビロードの生地を切って、端の部分をミシンで処理し、首に巻き付ける部分にスナップをつけた。

竜太は大きな体に似合わず、こういった細かい作業が得意だ。ものの一時間もかからずに赤マントはできあがった。

ミシンや細かな裁縫道具を片づけていると、あわただしく階段を上がる足音が聞こえてきて、すぐに和室の扉が開いた。

「田村せんせ、ちょっと」と言うのは、非常勤で来ている年配の保育士だった。

導かれるままに階段を下りたところで、耳打ちされた。

「子供たちが見たって言うんですよ。あやしい男がいるって」

子供が被害者になる物騒な事件がよく起こるきょうこのごろ、保育園はこういうのにとても敏感だ。竜太自身も日々の悲しいニュースに心痛めているので、「あやしい男」などと聞くと背中に鋭く緊張が走る。

竜太は子供たちが見たという場所に足をすすめた。園の通用門の近くだ。園児の背の高さで、園庭から外が見えるのはそこだけなのだ。

たしかに男がいた。小柄で、小太りだけど硬く引き締まった体をしていた。短く刈られた髪はごま塩で、裾の短すぎるジーンズにくたびれたネルシャツを着ていた。

総合的に言って風采の上がらない男だった。ちょっと年齢は平均よりも高いけど、誰か園の子のお父さんなんじゃないかと竜太は思った。土曜日だから、普段は来ないお父さんのお迎えというのはありそうだ。どこから入ればいいのか分からなくて、困っているのではないだろうか。

そう思ったのは、男がどことなく思い詰めたような表情をしていたからだ。

目が合った。竜太は、お迎えならインターフォンを押してもらえれば開けますよ、と身振りで示した。インターフォンはすぐ近くの壁に付いている。

男は小首を傾げると背中を向けて、すぐに歩み去った。

お迎えじゃなかったわけだ。

とすると、不審者、ということか。

またも背中に緊張が走った。

竜太は園から外に出て、しばらく付近を歩き回った。さっきの男がどこかに潜んでいないか。あちこち行ったり来たりするうちに、自分の方が不審者になったような気分になった。

うっすら汗ばんで気疲れもしたものだから、捜索を打ち切って駅前の喫茶店に入った。どこにでもあるチェーン店で、秋月などはコーヒーがまずいと嫌っている。

入口近くにある禁煙のラウンドテーブルに席を取った。運ばれてきたコーヒーカップを持ち上げたところ、思いがけなく視界の中に例のネルシャツと短すぎるジーンズの組み合わせが入ってきた。一瞬、息が止まりそうになった。

あの男が窓際の席にいたのだ。黒に近い濃紺のスーツを着た男と額を突き合わせている。机の上には何かの図面のような大きな紙や明細書のような紙が置かれており、会話のトーンもやけにビジネスライクだった。

小さな地元の会社の社長さん。そんなかんじかなと思った。

つまり、不審者じゃない、というのが結論だ。その時点で竜太はほっとして、男に興味を失った。備え付けの雑誌をゆっくり読んでから帰宅する頃には、竜太は一連の出来事をすっかり忘れていた。


園児たちにとって月に一度のお楽しみである誕生会は、月曜日の朝十時過ぎに始まった。

まだ小さいめだか組は当月の誕生児だけが保育士に付き添われて参加する。十月生まれは春菜ちゃんと淳くんの二人だ。比較的、落ち着いている子たちなので、竜太の膝の上、怖がらずに場に馴染んでくれた。

最初に窪川主任が登場し、「ぶーんぶーんがおーっ」と声を出して飛び回る。茶色い毛皮のような服を着ていて、黄色いお尻には針がついている。これは「ハチオオカミ」というキャラクターで、ペンギン組の子が言い始めたのをきっかけに保育園全体で認められるようになった悪役だ。

「ハチオオカミは、小さい子が好き。小さい子が集まるところが好き。ちくっと刺して、がぶっと噛んで、ふーっと一吹きするぞー」と言う。

「そうはさせないわよ」と出てくるのが中島ルミだ。五月の誕生会の時に作ったアリスの服を着ている。

「きょうは、みんなの誕生会なのよ。ハチオオカミが来たら、誕生会ができないわ。ハチオオカミさん、あっちに行って」

「やだよー」

「じゃあ、仕方がない、あの人を呼ぶしかないわね」

と、ここまでの話は、竜太も知っていた。もともと十月の誕生会の担当はめだか組からも一人出す予定になっていて、竜太は最初自分がやるつもりでいた。でも、久保が抜けてシフトが厳しくなっているため、窪川主任が肩代わりしてくれた。

テープの再生で、エッジの利いたスパニッシュギターが響いた。

「オレ！」のかけ声と共に、赤いマントが翻った。ホールの中央に闘牛士ルックの男が立っていた。

「天野・ゴンザレス・元気です。ごらんの通り、旅の闘牛士です」

男が自己紹介するのを、竜太はあっけにとられて見つめていた。

「天野・ゴンザレス・元気さんはね、昔、暗黒怪人だったのよ。みんな憶えてる？」

「おぼえてるー」と子供たち。

それも五月の誕生会で登場したキャラで、その時は竜太が演じた。

「暗黒怪人はね、園のみんなと友達になれて、うれしくなって、怪人をやめたのよ」

「そして、みんなを守る正義の闘牛士になったのです！」

小柄だけど引き締まった体で、闘牛士は力こぶを作ってみせる。顔には笑顔を浮かべ、白い歯がこぼれていた。

この人が、天野さん、なのか。女性ではなく、男性……。

「きょうはこのあたりにオオカミとハチの化け物が子供たちをいじめているという噂を聞いたのだが、そいつはどこかなあ……」

天野の声は絶妙の抑揚で、最初の驚きから子供の注意を一気に集めてしまう。すばらしいエンターテイナーぶりだった。

天野はハチオオカミを見つけて、「子供たちの誕生会の邪魔をしたら許さないぞ」と言う。

「いやだねー、ぼくは子供たちの邪魔をしに来たんだからねー」とハチオオカミ。

そこで、天野は子供たちとアリスの方を向いて、言った。

「それでは、みなさんは、誕生会を始めてください。わたしが、このハチオオカミが邪魔できないように見張っていますから」

アリスが子供たちの方を向き直り、誕生会を進めていく。ひとりひとりの誕生児の名前を呼び、メッセージを読み上げ……子供たちは誇らしげな顔でカードを受け取る。

竜太に手を引かれて、春菜ちゃんと淳くんがカードを受け取った後、突然、ガーッと大きな声が響いた。

「ああっ、大変、闘牛士さんが危ないわ」アリスが叫んだ。

いったんホールの外に出ていた闘牛士が後ずさりしながら入場してきた。追いかけてきたのはハチオオカミだ。

「どうだ、闘牛士め。ぼくがふーっと一吹きすれば、おまえなんてすぐに吹き飛んでしまうんだ」

ハチオオカミはふーっと息を吹きかける。すると効果音ですごい風の音がする。天野は台風の風に立ち向かうみたいに体を傾けるが、それでも後ずさる。ハチオオカミの息は、「三匹の子豚」のオオカミと同じで家を吹き飛ばすほどなのだ。

「みんな、闘牛士さんを助けてあげて。みんなの力が必要なの。闘牛士さんは、みんなの元気なパワーがあれば勝てるのよ」

アリスに促されて、子供たちが立ち上がる。

「さあ、ジャンプしましょう。元気にジャンプよ」

子供たちがジャンプしたり足踏みしたりすると、そのエネルギーが伝わって闘牛士がどんどん強くなるのだという。竜太の足にしがみついていた春菜ちゃんと裕紀くんが、かわいらしくジャンプするのを見て、竜太は目を瞠った。

外はどんより曇っている。でも、今ここは日だまりの中だ。明るく、元気なエネルギーに満ちている。素直にすごいなあ、と思う。でも、子供たちの応援で力を取り戻した闘牛士の溌剌とした動きを目で追いながら、竜太はなにかが心の中にひっかかってならなかった。

以前にも会ったことがある、と思った。天野先生には会ったことがあるんじゃないか。

誕生会が終わり、めだか組に戻った。誕生児たちが「おめでとうカード」をオトモダチに見せてうれしそうにしているところに、窪川主任がやってきた。

「きょうからめだか組の担当になった、天野元気先生です」

主任の後ろではさっきと同じ服装のままの天野がいた。

「オレ！」とポーズを取り、「よろしくおねがいしまーす」と笑う。

その後にふっと翳りのある表情を見せた。顔全体は笑ったまま、目だけ落ちくぼんで疲れきった中年男の顔になった。

その時、竜太は思い出した。

土曜日の午後、思い詰めた顔で園を見ていた風采の上がらない男。その後、喫茶店でスーツの男と商談らしい会話をしていた男。

その彼が、目の前にいる新しい先生なのだった。


小さいリュウちぇんちぇ、と誰かが言った。

あはは、と渡嘉敷が笑った。

「たしかに、田村さんと天野せんせは、体型が似てますね。大きいか小さいか、という違いで」

竜太にはなんとも言いようがなかったけれど、人の目にはそう映るらしかった。

「なんか、失礼でごめんなさい」と竜太は頭を下げた。

「いいよいいよ、ここでは田村先生の方が先輩なんだから。ぼくは小さいリュウちぇんちぇでいいから」

天野は誕生会の時の印象そのままとても気さくな人物だった。あの後すぐにめだか組のシフトに入って、ほんの数時間後にはもうずっと担任をしているかのように馴染んでいた。窪川主任と同期ということだったから、四十代半ばなのだけれど、それにしても若々しく、名前の通り元気だった。

存在感がある、という意味では、産休に入った久保に匹敵する。天野が「ちいさいリュウちぇんちぇ」から、「ゲンキちぇんちぇ」に変わるまで、ものの三日もかからなかった。

最初に天野を気に入って後追いを始めたのは晶ちゃんだ。パパは元柔道家だということだから、活発な天野にどことなく親近感を抱いたのかもしれなかった。そして、晶ちゃんが「ゲンキちぇんちぇ」と呼び始めると、その呼称はまたたく間にクラスに広がり、最後はほかの保育士も「元気せんせい」と呼ぶようになっていた。

元気せんせいは、竜太にとって、驚きの連続だった。

一言でいうなら、鋭角的、なのだ。

動きが、速く、鋭い。男性でも竜太のように動作が緩慢なタイプから見ると、まさに電光石火というくらいに速かった。

例えば、おむつ替え。

手早く脱がせると、片手で両足をつかんで下半身を浮かせ、もう一方の手でさあっと拭いてしまう。丹念に確かめながらやる竜太とは違って、ワン・ツー・スリーでおしまい。とはいっても仕事が雑なわけではなく、ちゃんと清潔になっている。腕力と思い切りの良さでこうなる。子供たちにしても、最初は戸惑ったみたいだけれど、すぐに慣れて、きゃっきゃっと喜ぶようになった。

遠巻きに見ていた隣クラスの秋月は、竜太に耳打ちした。

「溌剌としているね。溌剌としたおむつ替えなんて、はじめて見たと思わないか」

ああ、そうだ、と思った。元気せんせいは、溌剌としているのだ。おむつ替えだけじゃなくて、食事の介助や入眠の時の背中とんとんでさえ、そうなのだ。元気よく、溌剌たる背中とんとんで、実際に子供が眠るからさらにすごいのだ。

そして、元気せんせいの一番面目躍如たるところ。それは、外遊びだった。

「子供の仕事は、遊び。遊びの王様は、外遊び！　ね、男ならそう思うでしょ、田村先生」

元気せんせいは何度も言った。

めだか組の場合、幼児クラスのお兄さんお姉さんたちが幅を利かす園庭には滅多に出ない。外遊びといっても、二階のテラスでブランコやコンビカーを使って遊ぶのがメインだ。でも、元気せんせいは園に来た翌週、「きょうは天気もいいし、四、五人連れて園庭に行ってきますわ」と階段を降りていってしまった。

竜太も元気せんせいを追いかけて園庭に向かった。

園庭に下りたのは、晶ちゃんやタカちゃんなど男の子を中心とした五人だ。女の子は優花ちゃんだけだった。あまり外遊びが好きではないはずなのに、この時は元気せんせいの呼びかけにすんなりと応じた。竜太はそのことが少し気になっていた。

最初は砂場で遊ぶ。これは小さい子が好きな外遊びの定番。

しばらくして園庭の雰囲気に慣れてくると、「みんな、かけっこだー」と元気せんせいが駆けだした。すると、晶ちゃんたちが歓声をあげて後を追った。

砂場に残ったのは優花ちゃんだけだった。優花ちゃんは、普段からあまり体を使う遊びには乗ってこない。それどころか、お散歩に行っても土や石に手を触れるのを避けるようなところもある。だから、砂場でもあまり楽しそうなかんじではなかったし、この時もただ園庭の元気せんせいたちを見つめるばかりだった。

「優花ちゃん、お部屋に戻る？」と聞いてみた。

でも、いやいやをする。ずっと元気せんせいたちを目で追い続ける。

しばらくすると、園庭に「渦」ができた。園庭で遊ぶ子供や保育士たちが、うねる大渦の中に飲み込まれたような感覚。

中心に元気せんせいとめだか組の子供たちがいた。

元気せんせいは子供たちの前で、なにやら形態模写のような遊びをしている。「ライオンのポーズ」と言って四つんばいになって吠えたり、「トンボのポーズ」と言って片足立ちになり両手を伸ばしたり……。子供たちは、それぞれの能力に応じて、真似をしては歓声をあげている。片足立ちはめだか組さんにはなかなか難しいので、すぐに尻餅をついてはそれがまた笑いを誘う。タカちゃんなんて、転ぶとよく泣くくせに、きょうに限っては笑い通しだった。

園庭の「渦」は次第にはっきりとした形を取る。たんぽぽ組やひまわり組の幼児たちが、「なにか面白そうなことをやってる」と気づき、元気せんせいのまわりに集まり始めた。

「じゃあ、みんなでしよう！」

元気せんせいは両手を広げ、トンボのポーズのまま走り始めた。めだか組の子供たちが続き、そして、幼児クラスの子供たちも三々五々それに続く。

竜太の足もとで、ざっと砂を踏む音が聞こえた。

優花ちゃんが砂場を飛び出して走りはじめたのだ。足を滑らせて膝をついたけれど、すぐにまた立ち止まって走り出す。トンボのポーズで元気せんせいの後ろにぴたりとつけた。

へえっ、と驚いた。

引っ込み思案の優花ちゃんが、今は体全体を弾ませてトンボになりきっている。

竜太はその光景に魅了された。

ぼくにも、こんなふうにできるだろうか。

みんなの力を一つにするような楽しい遊びを作ってあげられるなんて、本当にすごい。「優秀な先生」って評判だったけれど、たしかにそうだ。

「どうしたの、ぼさっと突っ立って」

肩を叩かれた。遅番の大沢がちょうど出勤して、園庭に出てきたのだった。

「これ、どうなってるわけ……」と絶句する。

息を切らせた元気せんせいが、立ち止まり「おはようございます！」と言った。

大沢は黙って元気せんせいを見つめた。竜太の位置からは見えないが、たぶん冷ややかで、なおかつ、強い目なのだと想像できた。

「申し訳ありませんでした！」元気せんせいは鋭角的に頭を下げた。「園庭に出たのはぼくの独断です」

頭を下げたまま、ちらりと竜太に視線を走らせて、にっと歯を出した。

竜太はどう反応してよいのか分からず、その場に立ちつくした。

「本当に楽しい時って集中してるから、それほど大きな事故は起こらないものですよ」と元気せんせいは言う。「転んだ子もいたけど、みんなかすり傷。子供はそれくらいでいいじゃないですか。保育計画によればそろそろ園庭に連れていって、大きな子とのかかわりを持たせるということにもなっていたわけですし」

そして、決めゼリフ。

「子供の仕事は、遊び。遊びの王様は、外遊び、ですからね」

竜太は、正直、格好良いと思ったけれど、それを表情に出すことはしなかった。

子供たちが寝静まった午睡の時間だ。四人の保育士が低い椅子に腰掛けて、話し合っている。

「天野先生がどんな仕事をしてきたのか、主任から聞いています。これからこの四人でやっていくわけですから、天野先生のやり方は当然、今後の保育方針に反映されていきます。でも、今はまだわたしたちがこれまで半年間続けてきた保育を尊重してもらえませんか」

大沢の言い方はとても丁寧ではあるが、やはり冷ややかなものだった。

「あー、どうでしょうね、元気せんせ」と合いの手を入れるのは渡嘉敷だ。「せんせは、もううちのクラスの子たちの特徴ですとか、だいたいつかんじゃったんですかね」

竜太ははっとして、渡嘉敷を見た。

それは竜太も感じていたことなのだ。元気せんせいが園庭に連れていった五人は、だいたい活発で外遊びを好む子たちだった。園庭遊びの第一グループを選べと言われれば、優花ちゃんを除いてあのメンバーになるだろう。

「いやあ、そう言われるとアレなんですけどね」元気せんせいは頭を掻いた。「ここに来てわずか一週間ですが、半年間の保育記録はなんとか全部目を通しましたし、去年からいる子に関しては、ひよこ組の時の記録も読みました。発達の過程はだいたい頭に入ってますよ」

すごいと思った。竜太は、去年の記録なんて担当児以外のものは見たことない。

「じゃないとできませんよねぇ。さすがですね、元気せんせ」

渡嘉敷の口調がとぼけているものだから、さっきまでの追及ムードが一気に霧散する。

大沢ははあとため息をついて、宙を見たまま言った。

「でも、それだけじゃ済まないんだよ」

「まあ、子供の仕事は遊びですからね」元気せんせいは、笑った。


それだけじゃ済まない。

大沢が言うのはもっともだったと、竜太は翌朝、身に染みて理解した。

優花ちゃんのママからの厳重な抗議をたまたま早番だった竜太が受けることになってしまったのだ。

「優花は外遊びがあんまり好きじゃないんです。それを無理に外に連れ出して、怪我をさせるなんて信じられません」

優花ちゃんはきのう園庭で転んだ時に膝小僧を擦りむいてしまった。看護師が念入りに消毒して絆創膏を貼ったものの、やはり優花ちゃんママには許しがたかったみたいだ。

「女の子なんですからね」と彼女は繰り返し言った。「体に傷をつけてほしくないんです。おまけにこれ」

指先は優花ちゃんの頬を指していた。

そこには竜太も気づかないでいた小さな傷があった。

「これもきっと園でついたわけですよね。意外に深い傷ですよ。小さいから目立たないけど、大きくなっても取れなかったらどうしてくれるんですか」

「すみませんでした。こういうことがないように気をつけてはいるのですが、どうしてもすべてに目を届かせることができず……」と、お決まりの謝罪を述べる。本当にこうとしか言いようがない。

「いいですか。以前からお願いしている通り、優花はできるだけ室内で遊ばせください。秋でも紫外線はきついし、なにより怪我が心配ですから。女の子なんですから、顔の傷は本当に気をつけてもらわないと……」

「優花ちゃんのお母さん――」ほがらかな声に振り向くと、元気せんせいが立っていた。「外遊びの件、ご迷惑をおかけしました。本人が興味ないのをあえて誘ったりはしませんので、ご理解ください」

そう言って、深く腰を折った。

「それと、お母さん、実は気が付いたことがありまして……優花ちゃんの爪なんですが、かなり伸びてますよね。これ、ちょっと心配しておりまして、ほらオトモダチや自分の顔なんかに当たりますとかなり深い傷になるんですよね」

優花ちゃんママはなにも言わず、キッと元気せんせいを睨みつけた。

竜太は息を呑んだ。元気せんせいは、はっきりとは言わなかったけれど、優花ちゃんが自分の爪で傷をつけたのではないか、と指摘したのだ。

苛々を発散しながら去っていく背中を見送ってから、天野は竜太を見た。

「田村先生、保護者とはやはり信頼関係が大事です」

そして、またも歯を見せて笑った。本気なのかどうか分からなかった。

でも、思わず、「そうですよね」と応えていた。

自分が元気せんせいに魅了されつつあることを竜太ははじめてはっきりと意識した。

十一月　わんぱく運動会と元気せんせい

めだか組は以前とは違う雰囲気を、もはや誰の目にも明らかにまとうようになった。

「めだかさんたち、最近ちょっと変わったよねぇ」「すごく活発になったよね。前が元気なかったわけじゃないんだけど……」

保育士のあいだでも、よくそんな会話が聞かれた。

実際に保育を担当している竜太にしてみれば、言われるまでもなく事実だった。たった一人の人間が入れ替わっただけで、こうも変わるのかと思えるほどだ。言葉にするならやはり「活発になった」ということなのだろう。でも、竜太にはもっと深く、根本的な変化に思えた。

元気せんせいはお散歩や園庭での遊びを通じて、「溌剌とした保育」を目指すと言った。それ自体悪いことではないし、むしろ望ましい。クラスの指針としても、園庭での遊びの時間を長く取ったり、散歩先の公園で体を使って遊ぶのをこれまで以上に多くすることになっていたのだ。クラスの多くがしっかりと歩き始めている今、外へ外へと活動範囲を広げていくのは理にかなっている。

だから、やっていることの問題というより、むしろ、やり方の問題なのだった。

久保佐智子がそうであったように、元気せんせいも魔法の持ち主だった。

元気せんせいは遊びを大きくした。彼がいるだけで、子供たちはのびのびとリラックスして体を大きく動かした。引っ込み思案だと思われていた子ですらそうだった。優花ちゃんは土を嫌がらなくなったし、転んでも泣かなくなった。その分、汚れ物が増えて、着替えの回数も多くなるのだけれど、子供たちが楽しそうなら、保育士としてはうれしい悲鳴だった。

元気せんせいは子供たちと遊んだ後で、よく竜太の肩を叩いた。そして、上腕を撫でるような仕草をした後で言った。

「ぼくらは、こういうものだからね」

腕を曲げて力こぶを作ってみせるのは、つまり、ぼくもきみも女性よりも筋力があって、多少荒っぽい遊びに対応できるのだから、それをぜひ活用すべしと言っているみたいだった。

竜太には新鮮な発見だった。この半年間、竜太はゴツゴツした自分の体を、肩を丸めることでできるだけ柔和な印象にしようと努力してきたくらいなのだから。

「これが男の保育士さんのやり方なんですかねぇ。保母では、なかなかできないことですよ。素敵です。惚れちゃいますねぇ。わたしもああいう人と結婚したかったものですね。うちの宿六は、まったく役立たずですからねぇ」

最年長の渡嘉敷はピントのずれたことを言う。渡嘉敷はもうすぐ息子夫婦に子供が生まれ「おばあちゃん」になる年回りなのだ。

「田村さんも、あんな保育士さんになれたらいいですね。田村さんなら、きっとなれますね」

「ええ、見習いたいと思ってます」

竜太は言ってみたものの、あそこまでの「魔法」をどう見習っていいのか分からなかった。

本人の口から、保育のコツ、みたいなものを聞けたらいいのに、と思った。でも、元気せんせいは、仕事が終わるとそそくさと帰ってしまう。立場が正職員とは違う臨時職員なので、働くのは一週間に三十時間だけで残業をすることはない。とにかく時間が来るとスウィッチが切り替わったようにロッカー室へと向かうのだ。限られた時間の中で完全燃焼というのがポリシーなのかもしれないけれど、竜太にしてみれば会話の時間がほとんどなくて、聞きたいことばかりがどんどん山積みになり、結局、もやもやするばかりだった。

「今度、飲みに行きましょうよ」と秋月と一緒に誘ってみた。

でも、やんわり断られた。

「今はちょっとプライベートで忙しいんだ。落ち着いたらぼくから誘うよ」

と言うのだけれど、一向にプライベートが落ち着く様子もなく、そのうち元気せんせいは、自分が言ったことも忘れてしまったみたいだった。

その一方で、元気せんせいの保育は波紋を広げていった。

保護者の反応について、大沢や竜太は、敏感にならざるをえなかった。

子供たちはすぐに適応して、「ゲンキちぇんちぇ、大好き！」ということになったけど、親たちはまだその変化についていっていない。急に増えた汚れ物や、生傷。保護者が戸惑うのも当然だった。

優花ちゃんのママは相変わらずカリカリしているし、女の子の保護者は多かれ少なかれ抗議めいたことをノートや会話の中で伝えてきた。

男の子の方も、それほど事情は違わない。

「タカちゃんは体が弱いしぃ、最近心配なんですよぉ」とタカちゃんママが愚痴まじりに言うのを竜太は何度も聞かされた。

最初に超然としていた大沢も、元気せんせいに対してあからさまに憮然とした態度を取るようになった。少し手控えるように言っても、元気せんせいは意に介する様子がないからだ。主任や園長に相談すると、「もう少し様子を見てあげて」と言われ、こちらも暖簾に腕押し。

「いったいなんでなんだと言いたい」珍しく大沢が声を荒らげて竜太に言った。「実際に保護者から不安の声が上がっているわけで、それに対応しないというのは変だ。いっそ、誰かが区の保育課に抗議でもしてくれればいいんだ」

大沢の言うのは極論だったけれど、このままじゃいずれそうなってしまうかもしれないと思った。竜太は子供たちの保育を一番大事に考えるべきなのに、大人たちのあいだで変な緊張関係ができてしまうのが嫌だった。すごく居心地が悪かった。

「田村先生、先生だから言いますけどね、ちょっと悪い噂があるんですよぉ」と耳打ちしたのはまたもタカちゃんママ。「天野先生なんですけどね、都営団地のあたりをうろうろしてるのをよく見かけてる人がいるんですよぉ。なんかすごくあやしいかんじで、気味悪いって」

「それ、誰が見たんですか」

「えっとぉ、秘密ですよぉ」タカちゃんママは声をひそめた。「モナミちゃんのママなんです。

ほら、モナミちゃんのママってすごく若いじゃないですか。モナミちゃんを産んだのがまだ二十歳の頃だし、変質者につけねらわれることも多いんですって。いえ、天野先生のことを変質者だなんて言ってませんからね。でも、あの歳で独身だそうだし、小さい女の子が好きな男の人って、結婚できないこと多いじゃないですか……あ、でも、天野先生がそうってわけじゃなくて……」

いくら鈍い竜太にも、だいたい言われていることは分かる。込められた言外の意味に、頭が痛くなる。たしか、モナミちゃんのママは、学生結婚で在学中に出産していて、年齢は竜太とほとんど変わらなかったはずだ。美人とはいえないけれど、そこはかとない色気を撒き散らしているタイプだった。服装も派手で、盛夏には竜太が目のやり場に困るような格好をすることもあった。

「とにかく、天野先生、あやしいですよぉ。田村先生、なんとかしてください」

「天野先生は、ぼくの目から見ると、すごく優秀な保育士なんですけどね」

竜太はタカちゃんママにかろうじて言い返した。

モナミちゃん一家が住んでいる都営住宅は、駅前から徒歩五分ほどのところにある。保育園から見ると線路を挟んでほとんど対称になるあたりだ。竜太の住んでいるアパートはそれほど離れていない。だから、道でよくモナミちゃん一家と顔を合わせることがあった。

モナミちゃんは、すごく地味な子だ。夏の終わりに引っ越してきたということもあるのだけれど、まだ竜太には心を開いてくれていない。久保佐智子に一番なついており、久保が産休に入ってからは、ますます線が細く感じられた。

もっとも、これは一家で歩いている時も一緒だった。

夫婦はとても若く、二人とも見るたびに今風のファッションに身を包んでいた。モナミちゃんにもブランドの服を着せているのだけれど、でも、それがいかにも「着せられている」というふうで馴染んでいない。いつも両親の影の中を歩いているように感じられて、竜太は園での様子と合わせて、少し心配していた。

タカちゃんのママから話を聞いて何日か経った帰り道、竜太は帰宅途中に一本道を折れて、都営住宅の前に立った。

なんとなくあの話が頭にひっかかっていた。これじゃあ、ぼくもタカちゃんママが言う「天野先生があやしい」と同じで、「田村先生もあやしい」になってしまうと思いつつ、ついふらふらと足が向いてしまった。

伏線ならあった。昼間、元気せんせいが、やたらとモナミちゃんのことを気にしているのを目にしたからだ。引っ込み思案な彼女を何度も外遊びに誘ったり、大沢に対して「モナミちゃんって、ずっとこんなかんじですか」と自分がいなかった頃の様子を確認したり、わざわざ渡嘉敷と替わってもらって丹念におむつ替えをしたり……タカちゃんママの話を聞いていたからすごく気になってしまった。

とはいっても、都営住宅に来たからといって、何かが分かるというものではない。

しばらく、敷地の入口でぼんやりしていると、買い物袋を下げて帰ってくる主婦たちに冷ややかな視線を浴びせられた。これはまずいと思って、足を一歩後ろに引いた。くるりと回転する直前に、竜太は思わず動きを止めた。

鼓動が高鳴って、姿を隠そうか迷っているうちに、取り返しのつかない距離まで近づいてきた。

元気せんせいがうつむき加減で、なにか考え込みながら歩いてきたのだ。

保育園で見る元気な姿ではない。もっと険しい、見たこともないような表情だ。

竜太からほんの二メートルほど離れたあたりで元気せんせいは立ち止まった。

目が合うと、スウィッチが切り替わり、にこやかになる。

「……こんなところで、なにをされてたんですか」竜太はかろうじて聞いた。またも鼓動が高鳴る。

「うん、あのね、プライベートな用事。田村先生はどうしたの」

「え、あの……」

そう言われてしまうと、何も返しようがなかった。

「そうか、田村先生、きみもあのことに気づいたのかな。だとしたら、ねばり強く行かなきゃならない。そして、ぼくと一緒に、めだか組を腕白天国にしようじゃないか」

元気せんせいは、すれ違いざま、竜太の肩をぽーんと叩いた。

あくまで爽やかで溌剌としていて、竜太はあっけにとられてその背中を見送った。


宙ぶらりんな気分のまま、時間が過ぎる。

元気せんせいは、ますます溌剌としてクラスの太陽みたいだ。でも、優花ちゃんママは苛立っており、タカちゃんママはまたも「天野先生はあやしい」と言う。今度は駅前の喫茶店で黒スーツで強面の不審な男と話し込んでいたとか、どうでもいいようなことまでネタにして竜太の耳に入れてくれる。

だから竜太は、元気せんせいの子供たちのあしらい方に魅了されつつ、どうしたって雑念が入ってしまって困るのだった。せっかく目の前に優秀な大先輩がいるというのに、変に意識してしまっているから、何かを吸収するといったところまでいかない。

そんな中、運動会が開かれた。

「子供オリンピック！　がんばるマン」と題され、子供たちはみんな「選ばれたアスリート」になってがんばる。もちろん、「がんばった全員が金メダル」というのがポイントで、人数分の金メダルが準備されていた。

小さなめだか組さんたちはたくさんの人たちが集まっているだけでも緊張してしまう。だから、出番は多くなく、開会式に続く三番目と五番目の演目に出るだけだった。

三番目の演目というのは、保育士と子供たちによる「シンクロ・ダンス」。音楽に合わせて、「トンボー」、「ワニー」、「カエルー」と、真似をしていく。

こういうことになるとまさに元気せんせいの独壇場だ。振り付けも、全体の構成も元気せんせいが中心になって考えた。

だから、動きはダイナミックだ。

「ひこうきー」のところでは、子供たちが二手に分かれて、それぞれ元気せんせいと竜太が頭の上に持ち上げて、「びゅーん」と飛ばす。子供たちは足を伸ばして、両手を広げ、まるで本物の飛行機みたいにポーズを決める。

「なまけものー」のところでは手近なところにいる保育士にしがみつく。竜太は両腕両足に子供たちをぶら下げて、ガッツポーズをした。元気せんせいなどもっとすごくて、右腕に二人子供が抱きついた。

高い空の下で、子供たちは本当に楽しそうだった。

これって、すごいことだ。これだけの人が集まる場所で、乳児はどうしたって緊張してしまう。現に一つ上のペンギン組ですら、演目の中で泣き出してしまう子が何人もいた。なのにもっと小さいめだか組さんたちが、こんなにいきいきと踊るのは、本当に奇跡に近い。

保護者たちの表情は明るく、また、柔らかだった。あれだけささくれていた優花ちゃんママや、心配ごとが絶えないタカちゃんママですら、顔を輝かせていた。

五番目の演目は、子供たちだけではなく保護者にも参加してもらうものだった。

二人一組になって、ヨーイドンでスタート。風船で満たしたプールや、ごく低いハードルや、巧技台や、トンネルを越えた先で待つ保護者のところまでたどり着き、首に金メダルをかけてもらう。

これも子供たちががんばる。まだ「赤ちゃん」と言われても違和感のない年頃なのに、すごく真剣な顔をする。うまくいかなくても、「ままー」と泣き出すぎりぎりのところで踏みとどまる。途中で待機している保育士が手を差し伸べるまでもなく、みんな障害をクリアして、ママやパパのところにたどり着く。

そして、紙製の金メダルをかけてもらった時の笑顔ときたら！

ふと気づくと、優花ちゃんとタカちゃんが、同時にスタートラインに立っていた。

思わず竜太は緊張する。

竜太がいる「風船プール」は二人ともなんなくクリア。きゅっと唇を引き締めた優花ちゃんと、への字に曲げているタカちゃんの表情に、竜太は心の中でがんばれと声援を送る。

大沢が受け持っているハードルも、二人ともクリア。とても軽やかなステップで、二十センチほどの高さのバーを越えた。

そして、巧技台。

一メートルほどの長さの一本橋になっている部分で、優花ちゃんが足を踏み外した。

それにつられたかのように、タカちゃんが尻餅をつき、そのまま転がって頭を打った。

観衆から、どよめきが漏れた。

ゴールで待っている二人のママにいたっては、その場で凍てつき青ざめていた。

竜太は思わず、一歩前に踏み出した。

でも、元気せんせいが制止するように手を差し出した。

まず最初に、タカちゃんが立ち上がった。

口はへの字に結ばれたままだ。

そして、優花ちゃんが、巧技台に手をかけて立ち上がり、「ままー」と大きな声を出した。

膝がすりむけているのが見えた。でも、それを気にする様子もなく駆けだした。

トンネルをくぐり、二人ともママに抱きしめられる。

どこからともなく拍手がわき上がった。

あとになって優花ちゃんのパパが竜太のところにやってきた。

「あんなに楽しそうだったり、真剣だったりする優花をはじめて見ました。ぼくらはちょっと難しく考えすぎてるかもしれない。子供なんだから、もっと外で遊ばせた方がいいですよね」

後ろには優花ちゃんママがいて、夫の発言に対して何か言いたそうにしていたけれど、結局は言葉を飲み込んだ。

「弱い子だと思ってきたんですよぉ。でも、そんなことないじゃないですか」と息を弾ませるのはタカちゃんのママだ。「言葉だって遅かったし、ずっと引っ込み思案の泣き虫だと思ってたのに、あたしのこと見てだーって一直線に走ってくるんですよ。なんか感動しちゃって……」

ちょうど竜太の後ろを通りかかった元気せんせいを捉えて、タカちゃんのママが大きな声をあげた。

「天野先生、本当にありがとうございます。天野先生がいらしてから、クラス、本当に変わりましたよね。今までよりもっと、元気潑剌ってかんじで」

え？　と思う。

タカちゃんママって、元気せんせいのことを「あやしい」と批判的だったはずじゃないか。ついこ三日前だって、竜太を捕まえて「モナミちゃんのママが怯えちゃってましてぇ」としゃべり続け二十分くらい解放してくれなかったのだ。

「モナミちゃんのママ、とうとう決心したそうです。天野先生には本当に感謝してるって言ってましたよ」

「とんでもないですよ。ぼくなんか何の役にも立っていなくて。運動会だって、田村先生なんかが盛り上げてくれるから成功したようなもので……」

竜太は訳が分からずに混乱した。いったい何がどうしたっていうんだ。

近くを通りかかったモナミちゃんのママが、元気せんせいを見ると、深々とお辞儀をした。

優花ちゃんママだけが、相変わらず厳しい目つきで元気せんせいを見ていたけれど、とにかく竜太は頭がぐるぐる回るような感覚を抱いていて、やはり何がなんだか分からないのだった。

十二月　元気せんせい、夢を語る

「モナミちゃんって、言葉がほとんど出ないでしょう。ひょっとして、聞こえが悪いのかもしれないと思ったのが最初。でも、その後でノートを読んだり、少し話をしたりしているうちに、モナミちゃんのママもパパも、すごく精神的に不安定なんじゃないかと思えてきたんだ。それにモナミちゃんの体に時々、そんなにひどくはないけれど、傷があるのに気づいていたかな。自分の手が届かないようなところにつねったみたいな跡があったり。確信はなかったけど、もしも、本当にそうだったらまずいと思って、調査をしてみたんだ」

モナミちゃんのママが、今や元気せんせいに感謝している理由だった。元気せんせいは、ほかの保育士には秘密にするという条件で、こっそり竜太に教えてくれた。

「すごいです、ぼくは気づかなかった。そんなことがあったなんて……」

「気づかなくても仕方ない。ああいうのは分からないことの方が多い。でも、モナミちゃんの家は大丈夫。ママが自分で児童相談所のカウンセリングを受けると決めたのはいいことなんだ。自分で決められる人は、なんとか乗り切ることができる」

結局、元気せんせいは、ほかの保育士が気づかなかったような幼児虐待の芽を摘んだのだった。

「でも、やっぱり、かなり過激な行動だと思います」

「確信がない以上、ほかの職員には言えない。児童相談所も忙しすぎて簡単には動いてくれない。本当に虐待が起きているかどうか本人にも親にも聞けない以上、近所の人とかに聞いてみるしかないじゃないか。ぼくが聞き込みをしているのを、すぐにモナミちゃんママに知られてしまって、最初は拒絶されたけれど、おかげで話し合うこともできたし、結果的にはこれでよかったのだな」

淡々と語る元気せんせいのことを、竜太は誇らしく感じた。ぼくはやっぱり凄い人と一緒に仕事をしているんだ、と。行動が過激だったとしても、この人の考えは信用していい。

そのことはしっかりと保護者にも伝わったと竜太は確信した。モナミちゃんのママからはすっぱな雰囲気が消えて、以前に比べてずっとうち解け、よく話してくれるようになったし、運動会の後ではほかの保護者からも「外遊び」を問題にする声は聞かれなくなったのだ。

もっとも、それには別の理由があるのかもしれない、とは思った。

というのも、ちょうどこの時期、保護者の関心が一気に集中する発表が区からなされたからだ。

そのニュースを持ってきたのは、秋月康平だった。

秋月はいつも耳聡く、竜太は秋月を通じて「最新ニュース」を聞くことがよくある。

「これはまだ内々の話だ。来週正式に発表されるまでは伏せておくように」と前置きをしてから、急にしかめ面になって、「しかし、困ったな。ぼくの計画が崩れてしまうじゃないか」と言ったのだ。

二人とも早番のあがりで、まだ明るい道を駅の方向へ歩きながらの会話だった。

「だから、どうしたの」と竜太は聞いた。

秋月にしては珍しいもってまわった言い方だった。

「うちの園、再来年から民営化だって」

竜太は立ち止まって、秋月を見た。

「民営化って、つまり……」

「区立保育園じゃなくなるってこと。ぼくたちは、ほかの園に移されることになるだろうね。そして、うちの園の後にも順次民営化していって、いずれは区の保育園は全部民営になる、と」

「へえっ」

びっくりした声を出してはみたものの、竜太にはあまりピンと来なかった。隣の区などですでに民営化を進めているところはあって、あまり良い評判は聞かないから、「大変だ」とあわてるべきなのかもしれないのだけれど。

秋月はいろいろ思うところがあったようで、駅前で別れる前に喫茶店のハニーバトンに誘われた。

「ぼくはゆくゆくは資格試験も受けて、いずれ園長になろうと思ってたんだ」有機栽培ダージリンをすすりつつ、当然のように言う。

「田村はそういうの考えたことある？」

竜太は首を横に振った。

資格試験を受けずにおけば生涯現場に留まることができる。めだか組でいえば渡嘉敷がそうだ。

一方、資格試験を受けて合格すれば、やがて主任になって、園長になることもできる。だから、今の園長も主任も、渡嘉敷より年下だ。大沢も試験を受けるらしいからいつかは園長になるだろう……等々。竜太はそんなことくらいしか知らない。

「まったく、それくらいのこと考えておけよな」秋月はかぶりを振った。

「でも、秋月はどうして園長になりたいわけ」

「だって、せっかく保育園に来たのだから、ちゃんと上に立てるようにならないと実現したいこともできないだろ」

そうか、理念というやつなのだった。

竜太は頭を掻いた。そういうものは、いまだに竜太にはない。

「でも、秋月のことだから、最初からそういうことも考えていたんじゃないのかな」

「こんなに早くと思わなかったんだよ。いずれ区の園がみんな民営化になったら、区の職員である保育士には、『現場』がなくなる。だから、現場で子供とかかわりたい人は、区をやめるしかなくなる。ぼくはいずれ区全体の保育行政も考えていきたいと思っていたわけで、そうすると現場体験は欠かせない。でも、現場を体験するためには区をやめなきゃならない。とんでもなく、悩ましい……」

秋月は大げさに頭を抱えてみせた。でも、それがあながち芝居でもなさそうだ。

ぜんぜん悩ましく感じていない竜太は、自分が決断しなければならなくなったら、きっと現場を選ぶだろうなあと妙に確信しているからだと気づいた。

でも、民営化された保育園って、きっと給与がもっと少なくなるんだろうなあと思い当たり、それはかなり困ったと思った。竜太の経済状態は現時点でもかなり低空飛行だ。

喫茶店を出て秋月と別れた後、駅前のスーパーで二週間に一度三割引になる特売の冷凍食品を買った。

スーパーの外の道を、元気せんせいが歩いていくのが見えた。

声をかけようとしたけれど、竜太は声を出せなかった。

横顔が、やはり普段の表情とはまったく違うものだったからだ。元気せんせいは、外で偶然見かけるたび、ひどく険しい表情をしている。

その背中を、竜太は追った。理由があるわけではなく、ただ足が動いた。いつだったか、タカちゃんのママが「駅前であやしげな強面の男と話し込んでいた」と言っていたのを思い出した。タカちゃんのママは、それが暴力団など後ろ暗い団体の関係者ではないかと心配していたのだ。

元気せんせいは喫茶店に入った。いつか竜太が元気せんせいを不審者と見誤った日に入ったのと同じ全面ガラス張りのチェーン店だ。

元気せんせいがついた席には、男が一人、先に来て座っていた。黒っぽいスーツを着込んだ壮年の男だった。以前、竜太が見た相手とたぶん同じだ。大きな体だし、顔も厳ついし、強面と言えなくはない。それでも、顔に傷があるとか、その筋の人には見えなかった。この日も何か書類をテーブルの上に置いて話し込んでおり、むしろきちんとした仕事をしている人、というかんじがした。

会話の切れ間に、元気せんせいがちらりとこちらを見た気がした。気のせいかもしれないけれど、そう思った。

竜太はいつかみたいに鼓動が高まって、そそくさとその場を後にした。

「田村先生、かなり疲れているでしょう。ちょっと気分転換に、飲みに行きませんか」

元気せんせいが言い出した時、竜太は思わず「へ」と間の抜けた返事をしてしまった。すごく意外だったのだ。

元気せんせいは仕事が終わると一目散に帰っていく。最初の頃は園の外でいろいろ話してみたいと思っていたのだが、いつのまにか忘れていた。

疲れているのはたしかだった。

元気せんせいが来てしばらくは、目が回るようなことばかりで気が張っていたのだけれど、ここにきてやっと落ち着いてきた。するとこれまで溜まっていた疲れがどっとあふれ出してしまった。

年末の慌ただしさが追い打ちをかけた。クリスマス会の準備などもしつつ、区の労組が刷った「保育園民営化反対!」のビラを駅前で配ったり、その一方で、保護者たちには区の職員として「民営化ヒアリング」への出席を呼びかけたり。竜太はこういう微妙な立場がとても居心地悪い。だから、必要以上に疲弊した。

きっとそういったことが顔に出ていたのだと思う。

園の仕事が終わると、元気せんせいと一緒に電車に乗った。わざわざ一駅移動して居酒屋に入ったのは、保護者の目がある地元の駅ではなかなかリラックスできないからだ。

早番だった秋月が先に来ていた。元気せんせいに相対して竜太と秋月が肩を並べて座り、「とりあえず」ビールで乾杯した。

「天野先生が保育士を始めた頃って、今とはかなり環境が違ったんでしょうね」とさっそく聞いたのは秋月だった。

「そうね、かなり。ぼくが最初の園に入ったのは、一九八〇年だから」

「男性の保育資格が認められたのが、一九七七年のはずですから」

「区では三人目くらいの採用だったかな。当時は、保母は百パーセント女性の仕事だったから、女の城に迷い込んできた珍獣ってかんじの扱いだったね。でも、自分が好きで入ったところだから、ぼくはそのことを逆に楽しめたよ」

元気先生は宙を見つめ、遠い目をした。そして、さらに続けた。

「ぼく自身、保育園で育った子なんだ。保母さんは大好きで、本当の母さんみたいに思ってた。迷惑かけただろうなと今にして思う。かなりの問題児でね。すぐに荒っぽいことをしてしまう。体格のいい元陸上選手の保母さんがいてよく遊んでくれたけど、あそこに男性保育士が一人でもいれば随分違っていただろうなあ。保育の仕事を選んだのは、そんな気持ちがどこかに残ってたんだろうね。それにしても、子供というのはね、素晴らしい。いつの時代だって、その時代なりに素晴らしいんだ。今はあの頃と違って――」

元気せんせいは、本当によくしゃべった。ひとつボタンを押すと、延々と昔話をしゃべり続ける。ほうっておけば、そのまま、高度経済成長期と今の子供の比較論にまで発展しそうだった。

「ところで、当時の資格証明書って、資格の名前がなかったって本当ですか」言葉の間隙を見つけて、秋月が話題を引き戻した。

「ああ、それは本当。女性のものには『保母資格証明書』と書いてあったのに、男性の方はただの『資格証明書』でなんの資格か分からなかった」

竜太もそういうことは聞いたことがあったけれど、それにしても秋月はよく知っている。会話のテンポが速く目が回りそうだ。

「さぞ、嫌な気分だったでしょうね」

「そうでもなかったよ。なにしろ目の前の子供たちのことだけでいっぱいいっぱいだったから、自分が男だからなんて考えたことなかったな。むしろ、まわりの保母さんの方が意識してたみたいだね」

「元気せんせいも、いっぱいいっぱいだったんですか」

竜太は思わず、割って入った。

元気せんせいは竜太をまじまじと見た。

「そりゃあ、そうだよ。ぼくだって新人だったんだ。だから田村先生を見てると、まるで昔のぼくを見るようだと思うんだ」

「昔の天野さん、だなんて……」

正直、うれしかった。でも、竜太には元気せんせいと自分との間に似ているところを見つけることはできない。

「つまりね、男であることも自分の個性のひとつじゃないか。だからぼくは体を使った遊びをたくさんしようと思ってきた。やりたいことをやってたら、きょうまで来てしまったかんじだね。田村先生は、男だからって考えすぎてるところ、最初はあったんじゃないかな」

「は、はい」図星だから、ちょっとうろたえる部分もある。

「男の保育士って孤独なんだよ。同じ立場でものを見てくれる同僚がいない。本当は男女ではなく、自分の個性で勝負すればいいのに、そんなことにも気づきにくい。だけど、二人いれば、男というレッテルじゃなくそれぞれの個性で見られるようになるだろ。きみたちは幸運なんだ。二人で飲みに行くことだってできる。女性の同僚と二人きりで飲みに行ったりすると、そんなつもりはなくても誤解されて職場での人間関係に影響が出てしまうこともあるからね」

ジョッキに口をつけて、ぐいっと飲む。そして、またもひどく遠い目になった。こうなると、しょぼくれたただのオヤジで、保育の現場で放つ輝きなんて微塵もない。

「それで、区の保育課長補佐と二人きりで会うのは、オーケイなわけですよね」

しばらく黙っていた秋月が、唐突に口を開いた。

このテーブルの周辺でだけ、空気が止まった。ほかの席のざわめきが押し寄せてくる。

「保護者で目撃した人がいるんですよ。ほら、最近、民営化の説明会で何度か課長補佐が出席してるでしょう。だから顔を知っていた、と」

秋月の言葉は後半、どことなく追及調になっていて、事情が飲み込めない竜太はどぎまぎしてしまった。

「それこそ誤解を招く行動だと思うんですけどね」

「別に隠してるわけじゃない」元気せんせいは静かに言った。「現に田村先生にも見られたしね」

元気せんせいは竜太をちらりと見た。喫茶店で元気せんせいと話していた男。あれが課長補佐だったのだろうか。竜太は役所のことはまったく興味もないから、深く知らない。

「田村先生とは何度も会ったのを憶えてる？　最初はほら、親水公園で子供たちをお散歩に連れてきたでしょう」

一瞬、言われていることが分からなかった。

「え、憶えていない？　ちょっとだけ話したじゃない」

一気に記憶がよみがえった。めだか組に配属になってまだ日が浅い頃だ。桜は散っていたけれど、新緑が鮮やかだった。ベンチに座っていた一見あやしい男が子供たちと遊んでくれて、竜太はそのあしらいの上手さに驚いたのだ。あんなふうに子供たちと接することができたらいいのにと心底思った。そのくせ、ずっと忘れていたのだけれど。

「伝説の不審者、でしょ。主任から聞いてるよ。ああいう時間に公園でのんびりしている男は少ないからね。ぼくも、桜川保育園にはかつての同僚の窪川主任がいるし、つい気になって声をかけちゃっていたんだよ」

「……元気先生とはあまり似てなかった気がするんですが」

「病み上がりで今よりずっと痩せていた。そのせいじゃないかな」

そう言われれば、納得だった。たしかに笑った時にこぼれる白い歯なんて、同じ印象だ。

「せっかくの機会だから、ぼくの夢を聞いてもらおうかな」元気せんせいは続けて言った。

「そういうことを知りたいわけじゃないです。保護者は、天野先生が、保育課から送り込まれたスパイなんじゃないかと思っているらしい。お話ですと、窪川主任ともつながりがあるんですよね。いったいどういうことなんでしょうかね」

「窪川主任はぼくの元同期だよ。課長補佐はぼくの一期下で、最初は保育士の現場勤務だったんだ。途中から現場をやめて役所に勤めることになったんだけど、結局、保育行政一筋でね……」

話が嚙み合っていない。竜太はどうしていいのか分からず黙っているしかなかった。

「保育行政一筋で、今回の民営化でも推進のために力を尽くした、というわけですね」

「民営化は時代の流れ、だよ。なにからなにまで公のサーヴィスとして抱えていられる時代じゃないんだ」

「強引なやり方に戸惑いを覚えている保護者や保育士は多いみたいですよ。ヒアリングだって、決まったことを伝えるって姿勢で、民営化自体はもう覆せないみたいだし。隣の区では、あまりにも待遇が悪くて、次々と保育士がやめて、現場が混乱していると聞きます」

「だから、時代の流れなんだ。仕方ないんだよ」

「夢のない話ですよね。なんでもかんでも時代の流れですか」

「夢がないのは、きみたちの方じゃないのかな。ぼくには夢があると言ったはずだけど」

秋月がきょとんとした顔になった。

「どんな夢なんですか」

竜太はほとんど反射的に聞いていた。

「それはね——ぼくは、保育園を作りたいんだよ。区の保育園では難しい、自分が考える理想を実現できるようなところをね」

言い切った元気せんせいの目は、保育園にいる時のように潑剌として輝いていた。

「区立保育園は可もなく不可もなく、子供を安全に預かるのが目的だ。でも、私立の場合は独自の理念を持ってやってもよい。保育しつつ理想に近づこうとするのは、ぼくの性分に合っている」

元気せんせいの口から「理念」という言葉が出た。竜太は思わず息を呑み、元気せんせいと秋月の顔を交互に見た。

「理想の保育園って、ひとことで言えばどんなものなんですか」と竜太は聞いた。

「一言で、か。それは難しい。強いて言うならみんながのびのびと元気よく過ごせる保育園かな」

「同じこと、うちの園長も言ってますよね」秋月が口を挟む。

「区立では制約が多すぎる。保護者に理想を共有してもらった上で受け入れる、ということができないから、つい保守的になってしまうだろう。ぼくがやりたいダイナミックな遊びだって、最初は批判されたじゃないか」

「でも、私立だと逆に経営とかのこともあって大変なんじゃないですか」

「たしかに大変だよ。中には、理想どころか、日々の保育すら満足にできない園もある。それでも、やっぱりね、私立であえてやるからには、それなりの覚悟と理想が必要なんだよ。単にビジネスとして見ていたら、とうていできる仕事じゃない。ぼくがめだか組に来るまで、なにをしていたか聞いている？」

「いいえ」

「区立の保育園にいたのは、最初の十年。それから、私立の園を三つほど渡り歩いた。一昨年に体を壊してね、それで、その時の園をやめた。やっと今年になって体調が戻ったので、なんとか夢を実現しようと動きはじめたんだが、園ができるのは早くても何年か後だ。それまで現場の勘を鈍らせたくない。そこで、昔の同僚だった窪川主任や、役所の高樹課長補佐が助けてくれた」

臨時職員の仕事を続けられれば、現場の勘を維持できるし、なおかつ、それほど時間を拘束されることもない。空いた時間は「プライベート」、つまり、新しい保育園の準備にあてていたのだという。

「この生活をぼくは、今とても気に入っているんだ。ぼくは保育が好きだ。ぼくたちは子供たちを保育しつつも、子供たちに生かされているんだよ。自分が今あるのは子供たちのおかげだし、世界が明日も続いていくのも子供たちのおかげだ。だとしたら、理想の保育を追求したくならないかい」

「これまでいた保育園の中には、元気せんせいの理想はなかったんですか」竜太はおずおずと聞いた。

「なかったね」元気せんせいは即答した。「ぼくは、みんなが元気溌剌なのが好きだ。外で駆け回って、体を使って、大きな声を出して、笑いあえるようなのが好きだ。昔の日本の子供がやっていたようなことを、今の子供にもやらせてあげたいんだ」

「ガキ大将みたいですよね」

「そうだね、うん、そうだ」元気せんせいは膝を打った。「保父ではないな。そういう柄じゃない。ぼくはガキ大将になりたいんだな。ガキ大将の保育士が理想なんだ」

そして、上機嫌にうなずき、ジョッキのビールを飲み干した。

そこから先は、元気せんせいの昔話や、竜太のささやかな保育体験を肴に盛り上がった。

十時過ぎまで飲み食いしてお開きになった時には、竜太はかなり出来上がっていた。元気せんせいは、竜太の肩をぽーんと叩き、「田村先生はいいね。ぼくは好きだな。きみを見てると昔のぼくを見ているようだ」と何度も繰り返した。

「そんなことないですよ」と竜太はその都度、言葉を返した。

本当にそんなことありえないと思った。ぼくはガキ大将になんかなれない、と。とにかく、竜太にはまったく自信がなかった。

足もとがおぼつかなくなった元気せんせいはタクシーで、竜太と秋月は私鉄の一駅を歩いて帰る。

二人きりになってしばらくして、秋月は「本当かな」とつぶやいた。

「なにが」

「新しい保育園を作りたいって本当かな」

「本当だよ」

日頃の元気せんせいの保育を知っている竜太には、素直に信じられた。

「でも、本当かな」と秋月がまたつぶやいた。


ハチオオカミがやってくる。

ハチオオカミは、二歳児クラスペンギン組の子供たちが考えた「一番こわーい」生き物で、オオカミのくせに羽があってブンブン飛び回る。爪で引っ掻いたり、牙で嚙むだけじゃなくて、ちくりと刺すから本当に怖い。ハチオオカミは、クリスマスのプレゼントを運んでくる王子さまサンタからプレゼントを奪ってしまう。

サンタが保育園にいつものようにプレゼントを届けてみると……それはただの石ころ。びっくりする子供たち。そこには手紙が添えられていた。

〈プレゼントは全部いただいた。悔しかったら、取り返してみろ――ハチオオカミ〉

子供たちは、プレゼントを絶対に取り返そうと話し合う。でも、怖い。どうしよう。

そこにフリフリのドレスを着たアリスと闘牛士のゴンザレス天野が登場する。

「ハチオオカミは強敵よ。小さい子供たちはやめておいた方がいいわ」とアリス。

「いや、ハチオオカミなんて大したことはない。みんなの元気なパワーがあれば、やっつけられる」と闘牛士。

スパニッシュギターの鳴り響く中、ゴンザレス天野に連れられて子供たちが怪人とハチオオカミのところまでやってくる。はらはらしながら、アリスもついてくる。

対決。

最初、ゴンザレス天野と怪人が闘う。オレッとかけ声をあげて、マントを翻す。ダンスを踊るみたいなステップ。翻弄されたハチオオカミは尻餅をつく。

「おのれー、このままではすまさないぞー。よし、奥の手を使ってやる」

日頃の「ごっこ遊び」の結果、ゴンザレス天野の役割は子供たちの間で「頼りになるけど、もともと悪い怪人だから、時々、悪いことをしたくなる」ということになっていて、この時もハチオオカミの魔法にやられて、ゴンザレス天野は「悪い気持ち」を取り戻す。ハチオオカミをやっつけるのをやめて、子供たちへのプレゼントを山分けしようとする。

子供たちは動じない。ジャンプし、足を踏みならし、がんばれーと声を出す。

ゴンザレス天野は、はっとして我に返る。子供たちのエネルギーをもらって、元気も倍増。短剣でハチオオカミの牙を折り、マントを針にかぶせて引き抜いてしまった。

やったー、ハチオオカミは降参だ。

ゴンザレス天野を囲む子供たち。

取り返したクリスマス・プレゼントは、みんなの宝物だ。

「みんなの元気をありがとう！　ぼくにはその元気が一番のプレゼントなんだ」

ゴンザレス天野が言い、寸劇は終わった。

ハチオオカミを演じていた竜太は、汗をかき、肩で息をしながら、元気せんせいのことがまぶしくて目を細めた。元気先生は、小さな保育園の小さな世界の中で、強い光を放つガキ大将なのだった。


「元気せんせいは、遠い人になってしまいましたねぇ」

渡嘉敷が目を細めて言った。クリスマス会の夜に開かれた、忘年会の席だ。

この日を最後に年内の大きな行事はなく、十二月二十九日から一月三日までの六日間、保育園はお休みだ。だから、忘年会は解放感のある雰囲気になった。

元気せんせいは、さっきからめだか組の保育士たちの近くから離れて、窪川主任やチューリップ組の担任など、大きいクラスの保育士たちと同じテーブルに着いていた。遠巻きに見ていると話題の中心というかんじで、ほかの保育士たちに目配りをしつつ、朗らかに話している。渡嘉敷が「遠い」と評したのはそういうことだ。いくつもの保育園を渡り歩いてきた貫禄なのだと思った。

「なにしろガキ大将ですからね」と竜太は言った。

隣で大沢がなぜかむすっと口を曲げているのに気づいて、竜太ははっとした。

「どうかしましたか」

「どうかしたもなにも」と大沢は答えた。そう言ったきり、また黙り込む。

やがて大沢は立ち上がり、元気せんせいがいるテーブルへと進んでいった。末席に座っていた秋月が席を譲り、代わりにこっちにやってきた。

「今や、天野先生の保育はみんなに認められたね」と秋月は言った。「ほら、見なよ、誰が園長なのかわかんないじゃないか。天野先生のまわりにみんなが集まって、話をしてみたいと思っている。ガキ大将というか、ハーレムだ」

「嫌ですよぉ、秋月せんせ、ハーレムだなんて」

渡嘉敷がなぜか顔を赤らめた。でも、秋月は竜太を見ている。

「ぼくも天野先生のことは認めなきゃならないな。大先輩だってのを差し引いても、すごいと思った。ぼくはね、この仕事を始めてから、自分のポジションのことで迷ってたんだよ。ほら、どんなふうに子供たちに接したらいいのかって、まずまわりにある手本って女の人ばかりだろ。だからといって、ぼくが久保先生の真似をしようったって無理だし」

竜太は久保佐智子の柔らかな抑揚の声や、周囲をほんわりと浮き立たせる独特の雰囲気を思い出した。

「だからさ、天野先生って、考えてみれば、ぼくらが得た最初の手本なわけじゃないか。ずっと注目してきたけど、やっぱりさすがだな。田村はどう思うんだ」

「ぼくも、すごいと思うよ。元気せんせいが来てから、もっと自分を出してもいいんだって思うようになったんだ」

「マッチョなきみが、その部分を否定しても仕方がないってことだよな。ずっと前に、田村は久保先生を目指せなんて言ったけど、ぼくもいい加減なこと言ったもんだよな」

「久保先生はまた別の意味で、ぼくの目標だから」

「天野先生を見てると、ぼくはいろいろ考えちゃうんだよ。ほら、男の保育士って、若い頃は子供たちにとって『お兄さん』みたいな存在だろ。たぶん、今のぼくらはそうじゃないか。それがやがてどうなるのかなあって。女の人なら、『おねえさん』だったのが、そのうちに『ママ』の役割になっていくような気がする。でも、男の保育士は『父親』じゃないと思うんだよ。いくら経験を積んでも、歳を取っても、子供たちの父親の役回りにはならない」

竜太はすぐには返事をせずに、考えてみた。子供とかかわってくれる相手として、父親ってのはたしかに思い浮かばない。それは、竜太が小さい頃、父はやたら忙しくて滅多に遊んでくれなかったからかもしれなかった。

「子供好きの叔父さんとか、そういうのかな」竜太は言った。母の弟はたまたま近くに住んでいたこともあって、よくキャッチボールに付き合ってくれた。

「そうだな、子供好きのおっちゃん。でも、天野先生を見てるとさ、『お兄さん』が出世したら、『ガキ大将』ってのもありなんだと思えてきたよ」

「はあ、相変わらず秋月せんせは面白いこと言いますねぇ」じっと聞いていた渡嘉敷がため息をついた。「でも、秋月せんせは、王子さまでいいんじゃないですか。秋月せんせなら一生、王子さまでいけますよ。とすると、田村せんせは、怪人とかハチオオカミですか。それはかわいそうですね。でも、似合ってますね」くっくっくっと含み笑いをする。

秋月は竜太を見て肩をすくめた。

「問題は例の疑惑だな」と秋月。

「そうですねぇ」と渡嘉敷。

竜太だけが、訳が分からずに首を傾げた。

「きみ、ひょっとして、また聞いていないわけ？」秋月があきれた声を出した。

「田村せんせは、いつも目の前のことに一生懸命になりますから、聞こえてても聞こえていないんですよ」

渡嘉敷のフォローはフォローになっていない。

「ガキ大将が、そのまま突っ走って、独裁者になるかもしれないって話」

「なにそれ……」

「天野先生が、保育課と強いパイプを持っているのは分かっただろ。天野先生が計画している新しい保育園って、どこにできると思う」

「さあ……」

「どこにもできないよ。だって、作る必要なんてないから」

竜太はまじまじと秋月を見た。

「再来年にうちの園が民営化されたら、園の建物は格安で払い下げられて、委託を受けた業者が保育を請け負う。天野先生は、わざわざ新しい土地を買ったり、建物を建てたりする必要なんてないわけだ……」

どういうことなのか考えているうちに、竜太の耳に大沢の声が聞こえてきた。かなり離れているのに、強くはっきり響いた。

「ですからね、天野先生、あなたはどういうお立場なんですか。職員が変に浮き足立っているのは、わたし、とても不愉快です」

元気せんせいは白い歯をこぼして笑っている。子供たちを前にしている時のようににこやかだ。なんて答えるのだろうか。息を呑んで見つめていると、元気せんせいは流れるような動作で立ち上がった。いつもの鋭角的な動きではなく、酔っぱらったおぼつかない足取りでこちらの方に歩いてくる。

目は竜太をなんとなく捉えているように思えた。

そして、テーブルの前まで来ると、今度はしっかり竜太を見つめた。

「ねえ、田村先生だけは分かってくれるよね。きみを見ていると、昔のぼくを見るようなんだ」

言い終わった後で、急に膝の力が抜けた。その場でしゃがみ込み、そのまま頭をくたっと床につけた。

「大丈夫？　天野さん、聞こえてる？　誰か、救急車呼んでよ。天野さんは病み上がりなのよ。無理はできない体なの」

窪川主任の声が大きく響いた。

「大丈夫ですよー、ぼくは平気です。酔っぱらっただけです」

元気せんせいの締まりのない声がまたも大きく響いた。

宴が終わった後、竜太は元気せんせいに肩を貸し、タクシーが拾える大通りまで歩いた。

元気せんせいは竜太の耳元で、「きみを見ていると、昔のぼくを見るようなんだよ」と繰り返した。「そんなことありませんよ」と返事をしても、ますます意固地になって言うものだから、竜太は反論するのをやめた。

大通りに出たところで、元気せんせいは体を急に折って、路上に吐いた。

ふたたび立ち上がった時にちょうどやってきたタクシーを停めた。

シートに深くもたれかかった横顔は、目尻や口元に深いしわが刻まれていて、どきっとするほど老けて見えた。ルームライトの黄色い光の下でも、青黒く不健康な顔色だった。

タクシーが去った後、竜太は目の前のコンビニからホースを借りて、元気せんせいの吐き戻したものを洗い流した。下水道に吸い込まれる吐瀉物の中には、食べ物の残骸のほかに赤黒い塊が混じっていた。

その時は竜太は深く気にも留めず、むしろ、さんざん元気せんせいが繰り返した「きみを見ていると……」という言葉について考えていた。

一月　冬のピクニックに出かける

やっぱり、似てなんかいない、と思う。

竜太は子供の頃、動作が鈍くて、いじめられたことはあっても、ガキ大将であったことなどない。ここから先どう経験を積んだって、元気せんせいみたいにお日様みたいな笑顔で子供たちを引っ張っていく保育士にはなれないだろう。だから、「昔のぼくを見てるようだ」と言われても困るのだ。最初はちょっとうれしい部分もあったけれど、言われているうちに戸惑いの方が大きくなってきた。

本当になぜそんなふうに言うのだろう。

以前は、必要最小限のことしか話さなかったのに、最近では定時に帰らずに居残って、竜太に話しかけてくる。食事に誘われて「昔話」を聞かされたことも何度もあった。大先輩の体験談だからたしかにためになったけれど、竜太は元気せんせいが自分に何か見当違いな期待を抱いているようで居心地が悪かった。

「ねえ、田村君、近々、一度ぼくの部屋に遊びに来てよ」と言われた時にはさすがに固辞した。

その時の元気せんせいの残念そうな顔といったらなかった。

表情から笑顔が消えると、元気せんせいは本当に疲れた顔になる。年相応というか、いや年齢以上に老けて見える。それは、年末に泥酔した彼をタクシーに乗せた時にも感じたものだった。

「元気せんせい、疲れてるんじゃないですか」と言うと、すぐに笑顔を作り「そんなことないよ。これくらいはいつものことだからね」と言う。

「それより、一度、ぼくの部屋まで来てくれるといいのだけどなあ。見てもらいたいものがあるんだ。きみに是非、見てもらいたいんだよ」

元気せんせいはつぶやくように繰り返すのだった。

めだか組の子供たちは元気だ。元気せんせいが「子供は風の子！」とばかりに外に連れ出すせいか、不思議と風邪を引く子も少ない。昔ながらの洟垂れ坊主がクラス中に蔓延する反面、園を休むような重たい病気にはほとんど罹らなかった。

「風邪なんて、走り回ってればなおるもんですよ」と元気せんせいは言い切る。園の看護師はしばしば眉をひそめたけれど、逆に保護者たちは元気せんせいを支持した。

例外といえば……優花ちゃんママだった。表だっては元気せんせいを批判するようなことはないにせよ、やはり外遊びをさせるのは面白くないらしい。優花ちゃんも動きが大きくなってきて、ちょっとした傷をこしらえるのはしょっちゅうだった。

夕方、優花ちゃんをママに受け渡す時、竜太はいつも緊張した。彼女が渋い顔で元気せんせいを見ているのを発見すると、元気せんせいがこっちに来ないように心の中で祈った。

優花ちゃんのママは、「保育園の民営化に反対する保護者の会」の会長をしている。ヒアリングに出席するだけではなくて、区内の他園の保護者会などとも連携して、要望書を出したり、議員に陳情したり、活躍しているらしい。竜太も区の労組のビラを配っている時に、駅前で会い、「寒い中お疲れ様です。保護者も保育士さんも一緒にがんばっていきましょう」と熱い目で語りかけられたことがあった。

区立保育園が民営化されるのは、保護者にとっては不安だし、保育士にとっては職場がなくなるということでもある。たしかに一緒になってがんばらなきゃならないことなのかもしれなかった。

元気せんせいはこの場合「一緒」の中には入っていない。優花ママは、むしろ「敵」だと思っているようだ。

竜太は元気せんせいと優花ちゃんママが、一緒のところに居合わせてほしくないとやはり祈る気持ちだった。


一月の終わりに、二人は「一緒」になった。

年に三回設定される「保育参加の日」だ。優花ちゃんママは、午前半休をとって出席してくれた。

空が高い冬晴れの日だった。朝こそ冷え込んだけれど、陽差しのおかげですぐに気温も上がった。親水公園まで散歩することになっていたためだか組にとって、願ってもない日和だった。

保護者が七名参加しているので、この日に限っては大人の目が多い。だから、子供たちをバギーに乗せるのではなく、全員が歩いて親水公園まで行くことにした。

大人の足なら五分だが、大勢の子供と手をつなぎ、安全を確保しながら進むと十五分近くかかる。まだ二歳前後の小さな子たちだから、長距離は歩き慣れていない。それでも、「もうお兄さんなんだ、お姉さんなんだ」という気持ちと、保護者が一緒という「特別」な意識で歩き通せてしまう。

親水公園は敷地が広々としていて、いろんな遊びができるから子供たちは大好きだ。この日訪れたのは、冬でも枯れない芝生の丘。丘の下にはベンチがあり、さらに先に川が流れている。昨年の春、はじめて元気せんせいと会ったのはこのベンチのあたりだった。

さっそく晶ちゃん、タカちゃんら、やんちゃボーイズが「ゴロゴロ遊び」を始めた。芝生の丘での定番で、みんな横になって坂を転げ落ちる。春菜ちゃんや優花ちゃんやリリちゃんら女の子たちもすぐに後を追った。もちろん元気せんせいも一緒になって転がっている。さらにモナミちゃんまでおずおずと転がりだしたのに、竜太は目を細めた。

優花ちゃんママは当然のごとく顔をしかめた。優花ちゃんが着ている服は胸のところにブランドのロゴが入った、かなり高そうなものだ。

丘の下で立ち上がった優花ちゃんにママが歩み寄り、服についた細かな葉や土を払い落とした。それが済むか済まないかのところで、優花ちゃんが勢いよく駆けだして、ママがそれを追う。「待ちなさい！」と言われても、むしろスピードを上げる。竜太にしてみれば、すごく微笑ましい光景にも思えた。

優花ちゃんに触発されたのか、ほかの子供たちも走り始め、あたりは歓声に包まれた。風もなく穏やかな昼前の時間が、ゆっくりと過ぎていく。

すばらしく豊かな気持ちになって、竜太はきょう保護者が来ていない子供たちと一緒に「こおり鬼」をして遊んだ。ひたすら走り続けるハードな遊びだけど、疲れを知らない子供たちと一緒にいるだけで竜太はつい体が動いてしまう。

誰かが、「あ、ヒコーキー」と空を見上げた。

みんなが足を止めて、同じように上を見た。飛行機雲が真上を横切って太陽の方へと向かっているところだった。

遠くから悲鳴を聞いた。

いや、悲鳴なのかどうかは分からないけれど、とにかくせっぱ詰まった声だった。

一緒に来ている非常勤さんにその場を任せて走る。

川の方向だ。

嫌な予感がする。

揺らめきながら輝く川面が見えてくると、事態が飲み込めた。

誰かが水に落ちたのだ。

水面から突きだした流木にひっかかってかろうじて流されずに済んでいる。

それほど大きな川ではないのだが意外に深いことを竜太は知っている。園の散歩ではベンチより向こうの川沿いの道には近づかないことになっているのだ。

流木にひっかかっているのは優花ちゃんだった。

おへそあたりまで水に浸かって、唇を引き結んでいる。頬と髪にびったり泥が張り付いていた。泣いてはいないけれど、ぎりぎりのところで耐えている。

優花ちゃんママがいなかった。

土手のところに何人か保護者がいて、近くにあった木の枝を差し伸べてつかまらせようとしている。でも、届かない。

どうして、みんな流れに入って助けようとしないんだろう。

「すみません!」大声を出して、竜太は人々をかき分けた。そして、迷わずに流れに足を踏み入れた。

ぐにゃり、と変な感触があって、竜太はそのまま倒れ込んだ。

底に柔らかい泥が溜まっている。簡単には立ち上がれない。

優花ちゃんのいるところまではほんの四、五メートルほどだ。

それが絶望的な距離に思えて、竜太はもがいた。焦る気持ちばかりが空回りした。

目の前を黒い影がよぎった。

水しぶき。

泳いでいるのだ。

そうか、泳げばいいのだ。泳ぐには浅すぎるけれど、足をつけるよりはずっとよかった。

元気せんせいはきれいなクロールで流木にたどり着いた。

優花ちゃんを抱き上げて、歩いてくる。

足場が悪くなる境界のところで止まり、なんとか立ち上がった竜太に優花ちゃんを手渡した。

竜太は腰をひねって岸側に体を向け、びしょ濡れで震えている優花ちゃんを差し出した。

伸びてきた手も、濡れて泥だらけのものだった。

優花ちゃんママだった。竜太よりも先に水に入り、足を取られ、そのまま下流に流されたのだ。

濡れた髪には茶色い枯れ葉が絡まっていた。

「ままー」と優花ちゃんが言い、堰を切ったように泣き始めた。

「あなたの責任ですから。優花はあんな危ないことをする子じゃないんですから」

その声は冷え切っていた。泣き続ける優花ちゃんを強く抱きしめ、歯をガチガチいわせながらも、視線だけは強かった。

竜太の背後にいる元気せんせいを見ているのだ。

「あなたが来なければこんなふうにはならなかった。スパイのくせに出しゃばらないでください」

　丘の向こうから大沢が駆けてくるのが見えた。

　すごく長い時間が経った気がしたけれど、おそらく十秒も経っていない。息を切らせた大沢が優花ちゃんとママを包み込むように自分の上着を掛けた。

　優花ちゃんママは、その場に力なく座り込んだ。

　元気せんせいがさっきの機敏な泳ぎ方とは正反対の緩慢な歩みで岸にたどり着いた。

　足を水につけたまま天を仰ぎ、その顔が竜太の目には血の通わない石像のようだった。


　トラブルの際の対処は迅速、誠実、なおかつ、毅然として。

　以前大沢から聞いたことがある言葉だった。この日の大沢も、まさにそれを絵に描いたような対応ぶりだった。

　優花ちゃんとママを素早く園まで送り届け、シャワーを浴びてもらい、さらに園に備蓄している子供服や、大沢自身のスウェット、そして、近所のコンビニで至急買った下着などに着替えてもらった。

　熱いお茶を飲んで人心地ついたあとも、唇を震わせて怒っている優花ちゃんママに対して、大沢は「申し訳ありませんでした」と深々と頭を下げた。「現場」にいた竜太も元気せんせいも一緒だった。

　園の散歩とはいえ、保育参加で母親と一対一で遊んでいた子供の事故だ。正直、どこまでが園の責任なのか、判然としない部分がある。それでも、あの場所を散歩の行き先に選んだのはまぎれもなく、大沢をリーダーとしためだか組の保育士たちだった。

「安全面の配慮としては、大人の目が多かったこともあって、油断していた部分があります。実際、川のあのあたりは散歩では近づかないようにしているのですが、優花ちゃんがそっちに駆けていくのを誰も追いかけなかったのですから。お母さんに任せておけばよいと、安直に考えており、大変申し訳なく思っています」

大沢の言葉は、謝罪しつつ、相手の非を衝いているようでもあって、毅然としていた。普段だったら「事故」に関しては徹底的に厳しい優花ちゃんのママも、ここでは言葉をかみ殺した。

そのかわりに、彼女の怒りの矛先は元気せんせいに向かった。外遊びも大事だが、あまり野放図にさせないでほしい。最近の子はそういうのに慣れていないし、休みの日などにいきなり粗雑な遊びばかり求められるとこちらも対応しきれない……うんぬんかんぬん。

元気せんせいは肩を落として、神妙に聞いていた。いつか、優花ちゃんママにちくりとひとこと言った時のような切れ味はなく、ただ、気落ちした様子で、竜太はそのことが気になってならなかった。自分の保育の方針には絶対の自信を持っていて、こういう批判はものともしないはずなのに。

結局きょうは会社を休むことにした優花ちゃんママは、お昼寝前の時間帯に優花ちゃんを連れて帰宅した。園で貸し出したちぐはぐな服装だったけれど、後ろ姿にはいつもの取り澄ました感じがなくて、むしろすっきりと愛らしかった。母と子との間には、素敵な笑顔があった。

問題は元気せんせいの方だ。

覇気がない。

水に飛び込んで回線がショートしてしまったロボットみたいに動きがぎこちなく、顔色も青ざめたままだった。

「あなたの責任じゃない」と大沢が言った。「あれを責任に思っているのだったら、気になさらないでください。天野先生が完璧主義なのは分かりますが、あの場合、責任は天野先生にあるわけじゃない。むしろ、クラスリーダーのわたしの責任です」

「ええ」と力なく言った元気せんせいはますます青ざめて、その場に倒れてしまいそうなくらいだった。

夕方、お迎えが一段落して、竜太がロッカー室に入ると、元気せんせいがぽつりとパイプ椅子に腰掛けていた。とっくに帰ったと思っていたのに、ずっとここで座っていたのかと思うとどきっとした。

元気せんせいがこっちに気づいたのも少し時間が経ってからで、その間、竜太は肩を落とすと貧相に見える元気せんせいの体を漫然と見ていた。

「田村先生を待っていたんだ」と元気せんせいは言った。

「ぼくを、ですか」

「見てほしいものがあってね」

そして、じれったいほどゆっくりとロッカーを開けると、中から大きな茶封筒に入った紙の束を取り出した。目の前に差し出すものだから、竜太は反射的に手を出した。

「その中の書類、田村先生に持っておいてほしいんだ。うちに来てもらってじっくり見てもらおうと思っていたのだけど、来てくれなかったから持ってきたんだ」

「なんなんですか」

「ぼくの夢、かな」

「なんで、ぼくに？」

「きみを見てると昔のぼくを見るようだから」

竜太は、ぼくはそんなんじゃありません、元気せんせいのようにはなれません、と言いそうになって、口をつぐんだ。そんなこと言ってはいけない雰囲気だった。

「ぼくには時間がない。ぼくがいなくなっても、いつか理想を実現する人がいると思うと気が楽なんだよ」

元気せんせいは緩慢な動作で背中を向け、立ち去った。手の中にずっしり重たい封筒が残った。荷が重いと思った。元気せんせいは「夢」と言ったけれど、ぼくに託すなんて変だし、困る。竜太は封筒をロッカーの中にしまいこんだ。明日、元気せんせいに会ったら、受け取れませんと返すつもりだった。

でも、それは果たせなかった。

翌日から元気せんせいはもう保育園にやってこなかったのだ。

二月　ガキ大将の保育園

二月の最後の週に、久保佐智子が久しぶりに保育園にやってきた。

ちょうど一カ月になったばかりの赤ちゃんのくるみちゃんと一緒だった。

久保は一月の下旬に予定よりも少し早く出産した。その日は偶然、「保育参加」で事故が起こった日でもあった。

一カ月経ってくるみちゃんを連れてきた時には、すでに元気せんせいはいなかったので、久保は結局、元気せんせいには一度も会っていない。いや、違う。竜太と一緒にお散歩に出た時、一度だけ会ったきりだ。

「……あの人が天野先生だったの？　すごい偶然。いや、偶然じゃなかったのかしら。でもそんなに、強烈な人ならちゃんと会ってみたかったなあ。あたしが出産しなきゃここに来なかったんだし、すごくつながりのある人なのに、一度も話せなかったなんて損したみたい」

「損しましたよ」と言うのは渡嘉敷だ。「元気せんせいがいなくなってから、灯が消えてしまったみたいで寂しいです。もう久保先生に早く帰ってきてもらうしかないですね」

ちょうどお昼寝時で、目を醒ました子たちが久保に気づいて歓声をあげる。そして、さらに小さな小さなくるみちゃんを発見すると、目を輝かせて近づいてきて、ミニチュアのような手や赤いほっぺたを少しだけ大きな手でペタペタと触る。

ふだんはめだか組さんたちのことをすごく小さいと感じているけれど、ほとんど新生児のくるみちゃんを前にしてみると、本当に大きなお姉さんやお兄さんなのだ。考えてみたら、竜太は生後一カ月の乳児なんて見たことがなかった。驚くほど華奢で、小さく、触るのすらこわごわだった。両腕で包み込むようにしてしっかりと抱っこしてみて、赤ちゃんっていいなあと甘酸っぱい気持ちになった。

竜太の腕の中でくるみちゃんがえっえっと泣いた。引き取った久保が授乳した。竜太がいるのにまったくてらいもなくするものだからドギマギした。

でも、そんなことよりも目を奪われた。息を呑み、目を離せなくなった。

久保が去った後、クラスの「色」がまた変わっていた。

久保とくるみちゃんがまき散らしたのは乳白色の雰囲気だった。クラス中が、ミルクの色と匂いに満ちて、切なさを覚えるくらいだった。元気せんせいがいた時の、あの独特の溌剌とした空気とはまったく質が違うものだった。


久保が園に来た日の夕方、手術の日程が決まったと連絡があった。

窪川主任がわざわざめだか組までやってきて、竜太に告げた。

「結局、放射線治療や抗がん剤だけではなく、手術もすることになったそうです。現場に復帰できるかどうかは分からないけれど、夢がある限り、一日でも長く生きられるように努力する、とのことです。かなり前向きな気持ちになってくれているみたいでよかったわ」

先月、元気せんせいが連絡なしに欠勤した時、自宅のアパートで倒れているのを発見したのは竜太だった。

一度も園を休んだことがないのに、連絡がないなんておかしかったし、なにより前日、竜太に「夢」を押しつけるように去っていった姿が目に焼き付いていた。覇気がないというだけではなく、すごく体調が悪いようにも見えた。

だから、竜太は仕事が終わると園の名簿で住所を調べてアパートを訪ねた。南北を並行して走る私鉄のちょうど中間点あたりで、園からだと自転車で二十分ほどかかる。

チャイムを鳴らしても返事がなく、大家さんに鍵をあけてもらって発見した。元気せんせいは高熱を発し、臥せっていたのだ。

救急車を呼び、その夜の間、元気せんせいに付き添った。熱が下がってから元気せんせいが語ったことで、彼が二年前にがんの手術を受けていることを知った。そして、ここ一、二カ月ずっと体調が悪く、おそらくがんが再発したのだと元気せんせいが思っていることも。

検査の結果、予測が正しかったことが分かった。当初、放射線治療や化学療法でしのぐ方針だったものの、根治の可能性があるなら手術を受けたいという本人の希望もあって、結局はそうすることになったのだ。

「田村先生に伝言を頼まれています」と主任は言った。

「はい」と竜太は応えた。

「夢を押しつけちゃって悪かった。でも、とりあえず持っておいてくれるとうれしい。ぼくが死んだらよろしく、だそうです」

「それ、困ります、と伝えてください」

竜太は真顔で応えた。「分かりました」と言ったら、本当に元気せんせいが死んでしまいそうな気がしたからだ。

窪川主任ははあっとため息をついた。

「そうよねぇ、天野君って、無責任だわ。みんなを巻き込むタイプの強引な保育をするのに、自分だけ区をやめちゃったりとかね。今度は病気で一抜けた、か。相変わらずよね」

窪川主任や保育課の課長補佐は「昔の仲間」であって、元気せんせいが区をやめるまではケンカしたりしつつ、認め合う関係だったのだと聞いていた。

「天野君の保育は独特だし、偏ってもいるけれど、今この園に足りないものを補ってくれる気がしてお願いしたの。うまく行きかけたと思ったのに、こんなに短く終わってしまうなんてね……」

窪川主任の言い方だと、本当に「終わってしまった」みたいに響いて、竜太は抵抗があった。

「絶対に、あんなの持ってるの嫌ですからね。結局、中身も見てないんですから。そのうち病院に返しに行っちゃいますからね」と竜太は強く言った。

「分かった。天野君に言っておく。でも、せめて中身くらいは見てあげて」

窪川主任はまたもため息をもらした。


封筒の「中身」は、秋月と一緒に駅前のハニーバトンで開いた。

一人で見なかったのは、やはり荷が重かったからだ。その一方で秋月は、「天野先生の夢か。それは面白そうだね」と興味津々なのだった。

封筒の中に入っていたのは、何かの図面だった。竜太には読み取れない記号や数字が細かく書き込まれていた。

「設計図だな」と秋月は言った。

秋月は眉間にしわを寄せて、一枚一枚確認し、最後に「これ、保育園じゃないか」と指摘した。

「ほら、このラフが一番分かりやすい」

園庭のイメージ図だった。

かなりの広さのようで、中央部に駆けっこに使えそうなトラックや、でんぐりがえししたくなりそうな芝生があった。さらにブランコやジャングルジム、滑り台、一本橋などの遊具、うさぎやニワトリを飼う小屋、砂場、小さなプールなどもあった。

そんな中一番目立つのは、敷地の三分の一ほどを占める「山」だ。富士山型に土が盛られていて、その上には男が立っていた。男の手には手旗が握られている。がっちりした体型で、手旗を握りしめる腕も太い。元気せんせい本人みたいだ、と思った。

「これさあ」と秋月が含み笑いをしながら言った。「この山の上の男、田村に似てるよな」

「そ、そんなことないよ」竜太はあわてて否定した。

ぼくは元気せんせいじゃない、と心の中でつぶやく。

秋月は返事もせずに、視線をふたたび紙の束の上に落とした。

「土地の交渉、地域の承諾、行政の許認可……いろんな覚え書きの写しもあるね……これ、うちの区じゃなくて、隣のT市だ。天野先生、本気で新しい園を作る気だったんだ。たしかにこの規模の敷地、区内では無理だよな……」

子供の仕事は遊ぶこと。遊びの王様は外遊び。

ふいに元気せんせいの声が耳元で聞こえた。

元気せんせいが作った理想の保育園では、いつでも子供たちの歓声が響いており、園自体が元気潑剌とした光に包まれている。園庭の小山の上に立つと、きっと光に包まれた保育園が見渡せるのだ……。

「ということはだよ」と秋月。「天野先生は、区の保育園の払い下げを狙っていたわけじゃないんだな。スパイだなんて言われてたけど、あれは間違いだったんだ」

「最初から興味なんてなかったんじゃないかなあ。うちみたいな狭い所じゃ仕方ないって」

「悪いことをしたなあ……なんか犯人扱いしちゃったみたいで。それで、きみさ、どうするの」

竜太は訳が分からずに秋月を見た。

「天野先生の右腕になって新しい保育園を作るわけ？」

「自分で保育園を作るなんて無理だし、興味ないよ」

「よかった。やる気だったらどうしようと思った」

秋月の顔は真剣だった。

「きっといつかぼくも自分の保育園を作ると思うんだ。区の保育園がなくなったら、結局、自分で作るしかないだろ」

竜太はまたもやなんのことを言われているのか分からず、目をしばたたいた。

「だからさ、ぼくの保育園では、是非きみのような奴がほしい。主任として雇用する準備があるから、そのつもりで自分自身の保育に磨きをかけるように」

「……どうしてそう思うの？」

「ぼくとは違うタイプだから。物事はバランスが大事だろ。ぼくができないことをやってくれ、気づかないことに気づいてくれる奴が必要だ」

「ふうん」

竜太は生返事をした。そして、また、今は病院のベッドの真っ白なシーツの海に横たわる、元気せんせいのことを思った。

喫茶店を出て、秋月と別れた後で、保育園に顔を出した。

そして、出勤していた窪川主任に、元気せんせいから渡された封筒を託した。

「ぼくはもう見ました。やはり、ぼくが持っているべきものじゃないと思います」

「そうね、見てあげただけで充分だと思うわ。今のあなたが考えるようなことでもないしね」

主任は封筒を胸に抱いたまま、視線を遠くに泳がせた。。

「でもね、これだけは言っておく。天野君もね、目の前の子供たちのことでいっぱいいっぱいになってしまう保育士だったの。田村先生も、今はそうでしょう。精一杯がんばって。そうすればいずれはもっと欲が出てくる。やりたいことがたくさん出てくる。その時に天野君のことを思い出してあげて」

竜太は素直にうなずいた。でも、今は言われたことの半分くらいしか飲み込めないと思った。

事務室を後にして、園庭に出る。

土曜日で少人数なのでみんなゆったり、おおらかに遊んでいる。オフである竜太も鉄棒に挑戦している大きいクラスの子供たちの介助をして、少し遊んだ。それが終わると、ホールでおままごとをしている女の子たちに呼ばれ、「お父さん」を引き受けた。

子供たちと接するこの時間が、いつまでも続くかのような錯覚を抱いた。

きょうもあしたもあさっても、一年後も十年後も、自分がここでこうしているかのような。

お迎えの保護者たちがやってくる時間帯になるまで、竜太の意識の中にあるのは、目の前の子供たちだけだった。

みんな一緒《いつしよ》にバギーに乗《の》って

二〇〇五年十月二十五日　初版一刷発行

著　者＊川端裕人《かわばたひろと》
発行者＊篠原睦子
発行所＊株式会社　光文社
〒一一二―八〇一一
東京都文京区音羽一―一六―六
電話　文芸編集部〇三(五三九五)八一七四
販　売　部〇三(五三九五)八一一四
業　務　部〇三(五三九五)八一二五
印刷所＊萩原印刷
製本所＊牧製本

落丁・乱丁本は業務部へご連絡くだされば、お取り替えいたします。

ISBN4-334-92469-7　Printed in Japan